SHAKESPEARE

Do jeito que você gosta

Copyright da tradução © 2012 Cia. Elevador de Teatro Panorâmico
Copyright da edição © 2012 Balão Editorial

CIA. ELEVADOR DE TEATRO PANORÂMICO É:
Ademir Emboava, Carolina Fabri, Gabriel Miziara, Juliana Pinho, Marcelo Lazzaratto, Marina Vieira, Pedro Haddad e Rodrigo Spina.
CONHEÇA-OS: www.elevadorpanoramico.com.br

EQUIPE BALÃO EDITORIAL
Flávia Cristina Yacubian
Guilherme Kroll Domingues
Natália Carrança Tudrey

FOTO DE CAPA E P.137
Denis Araki

CIP-BRASIL. CATALOGAÇÃO-NA-FONTE
SINDICATO NACIONAL DOS EDITORES DE LIVROS, RJ

S539d
Shakespeare, William, 1564-1616
    Do jeito que você gosta / William Shakespeare ; tradução Cia Elevador de Teatro Panorâmico. - 1.ed. - São Paulo : Balão Editorial, 2012.
    il.
    Tradução de: As You Like It
    Apêndice
    ISBN 978-85-63223-10-4
    1. Teatro inglês (Literatura). I. Cia Elevador de Teatro Panorâmico. II. Título.
12-1028.   CDD: 822
                                                                CDU: 821.111-2

ACOMPANHE-NOS NA WEB!
www.balaoeditorial.com.br
Twitter: @balaoeditorial
Facebook: www.facebook.com/balaoeditorial

PARA FALAR COM A GENTE:
balaoeditorial@balaoeditorial.com.br

SHAKESPEARE

Do jeito que você gosta

tradução
Cia. Elevador de Teatro
Panorâmico

SHAKESPEARE DO JEITO QUE VOCÊ GOSTA

POR MARCELO LAZZARATTO

> Do jeito que você gosta *antecede as grandes tragédias de Shakespeare. Trata-se de uma obra vitalizadora, e Rosalinda é uma alegre representante da liberdade possível na vida. A representação estética da felicidade requer uma arte complexa; jamais uma peça sobre a felicidade superou a de Rosalinda.*[*]
> HAROLD BLOOM

A comédia *Do jeito que você gosta*, considerada por muitos a obra-prima shakespeariana do gênero, é ambientada em dois cenários contrastantes: o da Corte e o da Floresta de Ardenas. A Corte é um ambiente de significados convencionais atribuídos ao mundo da política: poder, traição, lutas e certezas. A Floresta, ambiente no qual se desenvolve a maior parte da ação dramática, é o lugar de acesso à fantasia, à imaginação, ao mundo do "se".
Nesse espaço mágico, encontramos um dos objetivos centrais dessa comédia shakespeariana: o homem em relação com a natureza, vivendo de acordo com sua dinâmica, encontra a possi-

---

[*] BLOOM, Harold. *Shakespeare: a invenção do humano*. Rio de Janeiro: Objetiva, 2000.

bilidade de conviver com as diferenças culturais, com o outro, com o que é estrangeiro. Ali, ele pode abdicar de sua tendência exploratória e enfatizar o compartilhamento, desfrutar a sensação de harmonia sem abrir mão da diversidade, pois permite se inserir profundamente em um ecossistema autogerador e autorregulador.

Em *Do jeito que você gosta*, estamos no centro de uma peça em que nada de realmente mau pode acontecer a quem quer que seja. Nessa peça feliz, Shakespeare parece nos dizer para termos cuidado quando acreditamos que somente o pior a nosso respeito tem procedência e merece atenção. Nela, o que há, o que se exalta, é a capacidade humana de consagração e reconhecimento.

Pode-se dizer que, nas comédias, Shakespeare parte do desequilíbrio em busca da harmonia. Seus finais proporcionam encontros, realizações e transformações individuais profundas porque, de alguma forma, seus personagens saem um pouco de si e passam a enxergar o outro, o seu entorno, e por isso se renovam e se modificam. Podemos mesmo dizer que eles "melhoram" de suas patologias.

Além disso, em alguns momentos de *Do jeito que você gosta* podemos encontrar o grande tema shakespeariano: a relação intrínseca entre vida e arte. É dela uma das frases mais importantes e significativas da obra de William Shakespeare, verdadeira síntese por ele desenvolvida ao longo de toda sua obra de maneiras diferentes: "o mundo é um palco". Em inúmeras peças, Shakespeare relaciona a vida com o teatro de maneira tão contundente que a fronteira entre ficção e realidade se esfumaça ante nossos olhos embevecidos por olhar na cena situações repletas de vivacidade. Mais do que tudo, o que importa a Shakespeare é a vida, com todas as suas contradições e belezas, e nas comédias ele se esmerou em dar um voto de confiança à humanidade.

Shakespeare obteve reconhecimento em vida. Sua peças encontraram êxito, enchiam os teatros; por meio delas ele acessava todas as classes sociais, os letrados e os não letrados, o pobre, o comerciante e o nobre. Shakespeare conseguia, pela poesia dramática repleta de imagens e personagens tridimensionais, com suas circunstâncias ao mesmo tempo complexas e estimulantes, em uma arquitetura peculiar (o teatro elisabetano), estabelecer vínculos profundos com o espectador por meio das convenções teatrais.

A TRADUÇÃO DAS PALAVRAS

> [...] a poesia mais verdadeira é a mais fingida, e os amantes são dados à poesia; as juras que fazem na poesia pode-se dizer que, como amantes, eles inventaram.
> TOQUE, BOBO DA CORTE DE
> DO JEITO QUE VOCÊ GOSTA

Nosso interesse por *Do jeito que você gosta* se iniciou em 2006, antes mesmo da montagem da peça de *Eu estava em minha casa e esperava que a chuva chegasse*, de Jean-Luc Lagarce. Desde então até a estreia de *Do jeito que você gosta* em 2010, estudamos a obra shakespeariana pela leitura e análise de suas peças, de textos teóricos, e analisamos comparativamente as diversas versões cinematográficas feitas sobre suas obras.

Nesse estudo, percebemos que, para conhecer a fundo a poética de Shakespeare, e para trazermos à cena uma versão genuína da peça, a "nossa" versão, deveríamos arregaçar as mangas e fazer uma tradução de *As You Like It*. Desde meados de 2008, nos empenhamos nesse processo lento e complexo que reforçou nossa intuição de fazer uma montagem em que as "palavras" de Shakespeare orientassem, como guias, todo o caminho.

Quisemos, em nossa montagem, enfatizar a força da teatralidade da palavra, convenção pura e simples do teatro que desde a Grécia antiga prendeu e cativou a plateia, sem a necessidade de recursos externos. A palavra geradora de imagens e sensações. A palavra criadora de espaços e personagens. A palavra estimulando a capacidade humana de visualizar a partir da sugestão. Palavras que aqui divertem, entretêm e redimensionam nossa maneira de enxergar as coisas do mundo.

Em Shakespeare, as palavras, os versos e seus ritmos devem, além de expor belíssimos significados, encantar o espectador também por sua sonoridade quando vocalizadas pelo ator. Shakespeare foi um grande construtor de palavras. Na verdade, ele inventou milhares de palavras em suas obras, e o jogo de aliterações, de assonâncias, de antíteses, de metáforas e da sinestesia tramado por ele deve ser sempre reprocessado para melhor se adequar à época e ao lugar em que a peça for encenada, adequar-se às transformações da língua.

Marcelo Lazzaratto é ator, diretor, pesquisador teatral e doutor em Artes. É diretor artístico da Cia. Elevador de Teatro Panorâmico e leciona no Depto. de Artes Cênicas da Unicamp. Em 2011, publicou o livro O Campo de Visão: exercício e linguagem cênica.

PERSONAGENS

OLIVÉRIO: filho de Sir Rolando de Boys

ORLANDO: filho de Sir Rolando de Boys

ADÃO: servo de Olivério

DENIS: servo de Olivério

CARLOS: lutador de Duque Frederico

ROSALINDA: filha do Duque banido

CÉLIA: filha de Duque Frederico

TOQUE: bobo da corte

LE BEAU: cortesão de Duque Frederico

DUQUE FREDERICO: irmão do Duque banido e usurpador de suas terras

DUQUE SÊNIOR: o Duque banido

AMIENS: nobre que vive com o Duque Sênior

JAQUES: nobre que vive com o Duque Sênior

CORINO: pastor

SÍLVIO: pastor

AUDREY: camponesa

SIR OLIVÉRIO SUJATEXTO BÍBLICO: vigário

FEBE: pastora

WILLIAM: um caipira

HIMENEU: deus grego do casamento

JAQUES DE BOYS: filho de Sir Rolando de Boys

NOBRES, LORDES E PAJENS

Do jeito que você gosta

Ato I

Cena 1

Pomar da propriedade de Olivério.

ORLANDO – Pelo que eu me lembro, Adão, foi assim: meu pai me deixou de herança nada mais do que mil coroas e, como você bem disse, encarregou o meu irmão, ao abençoá-lo, de criar-me adequadamente – e aí começa a minha tristeza. Ele mantém meu irmão Jaques na universidade e suas notas mostram seus maravilhosos progressos. Quanto a mim, sou criado em casa como um rústico, ou melhor, me trata como um criado; pois não chama a atenção que a criação de um nobre de minha origem não seja diferente da criação dada a um boi? Seus cavalos são mais bem tratados, porque além de serem alimentados como devem, recebem suas lições de tratadores muito bem pagos; mas eu, seu irmão, não recebo dele nada além do que o meu simples crescer, pelo que seus animais com seus montes de estrume são tão agradecidos quanto eu. Além dessa esmola que ele tão generosamente me dá, sua conduta tira o pouco que a natureza me deu: ele me faz comer com os criados, exclui-me do lugar de irmão e, tanto quanto pode, destrói, com esta minha rude criação, a nobreza que me é natural. É isso que me aflige, Adão; e o espírito de meu pai, que eu acho que trago comigo, começa a revoltar-se contra esta servidão. Eu não posso mais suportá-la e, ainda assim, não encontro um meio prudente de livrar-me dela.

ADÃO – Aí vem meu senhor, seu irmão.

ORLANDO – Esconda-se, Adão, e então ouvirá como ele me maltrata.

(*Entra Olivério.*)

OLIVÉRIO – Então, senhor, o que faz por aqui?

ORLANDO – Nada, senhor, nunca me ensinaram a fazer coisa alguma.

OLIVÉRIO – O que está estragando, então?

ORLANDO – Realmente, senhor, eu estou lhe ajudando a estragar com minha ociosidade o que Deus criou: este seu pobre e indigno irmão.

OLIVÉRIO – Realmente, senhor, arrume melhor ocupação e saia da minha frente.

ORLANDO – Devo ir cuidar de seus porcos e comer lavagem com eles? Qual parte da herança de filho pródigo que eu desperdicei e que me fez chegar a tal miséria?

OLIVÉRIO – Você sabe onde está, senhor?

ORLANDO – Sim, senhor, sei perfeitamente: estou em sua propriedade.

OLIVÉRIO – Você sabe diante de quem você se encontra?

ORLANDO – Sim, eu sei. Sei melhor do que quem se encontra diante de mim sabe quem eu sou. Sei que você é meu irmão mais velho, e, pelos doces laços de sangue, você deveria saber quem eu sou. Segundo os costumes, por ser o primogênito, você tem todos os privilégios, mas esses mesmos costumes não anulam o meu sangue, mesmo que houvesse vinte irmãos entre nós. Eu tenho em mim tanto de meu pai quanto você; embora, é verdade, você ter nascido antes de mim deveria lhe tornar tão respeitável quanto ele.

OLIVÉRIO – O que, moleque?

ORLANDO – Vamos, vamos, meu velho irmão. Nestes assuntos, você ainda é muito jovem.

OLIVÉRIO – Quer me bater, vilão?

ORLANDO – Eu não sou um vilão. Sou o filho mais novo de Sir Rolando de Boys. Ele é meu pai e será três vezes vilão aquele que disser que tal pai pôde gerar vilões. Não fosse você meu irmão, eu não tiraria esta mão de sua garganta sem que a outra arrancasse a sua língua por ter dito isso – você insulta a si mesmo.

ADÃO – Queridos amos, tenham calma. Pela memória de seu pai, façam as pazes.

OLIVÉRIO – Largue-me, eu ordeno.

ORLANDO – Não soltarei até que me ouça. Meu pai lhe encarregou em seu testamento de dar-me boa educação: você criou-me como um rústico, obscurecendo e escondendo todas qualidades de nobre. Ganha força em mim o espírito de meu pai, e eu não suportarei mais esta situação. Proporcione-me as atividades próprias para que eu me torne um nobre; ou dê--me a pequena parte de minha herança, e com ela partirei para tentar a sorte.

OLIVÉRIO – E o que fará? Mendigar, quando tiver gastado

tudo? Está bem, senhor, vá para dentro. Não quero mais me importar com você; terá sua parte da herança. Eu lhe peço, me largue.

ORLANDO – Não tenho mais razões para lhe incomodar. Para o meu próprio bem, não mais lhe ofenderei, como de costume.

OLIVÉRIO – Vá com ele, cachorro velho.

ADÃO – "Cachorro velho" é minha recompensa. É verdade: perdi meus cinco dentes servindo-o. Deus esteja com meu antigo amo! Ele nunca teria dito uma coisa dessas.

OLIVÉRIO – Então é assim? Começa a se rebelar contra mim? Pois vou cortar as suas asas e, além disso, não lhe dar as mil coroas... Olá, Denis!

(*Entra Denis.*)

DENIS – Vossa Senhoria me chama?

OLIVÉRIO – Não estava aí Carlos, o lutador do Duque, para falar comigo?

DENIS – Está à porta e insiste em falar com o senhor.

OLIVÉRIO – Mande-o entrar. Tenho um bom plano: amanhã é dia de luta.

(*Entra Carlos.*)

CARLOS – Bom dia para Vossa Senhoria.

OLIVÉRIO – Meu bom senhor Carlos, quais são as últimas novas da nova corte?

CARLOS – As últimas novas são meio velhas, senhor. Iguais às penúltimas, isto é, que o velho Duque foi banido por seu irmão mais novo, o novo Duque; que três ou quatro nobres fiéis se baniram voluntariamente com o velho Duque, e como as terras e rendas destes enriquecem o novo Duque, este lhes dá, de muito boa vontade, permissão para vagar.

OLIVÉRIO – Pode dizer se Rosalinda, a filha do Duque, foi banida com seu pai?

CARLOS – Oh, não, pois a filha do novo Duque, sua prima, a ama tanto, pois foram criadas juntas desde o berço, que a teria seguido em seu exílio, ou teria morrido ao separar-se dela. Rosalinda está na corte, e não é menos amada por seu tio que a própria filha, e nunca houve duas damas que se amassem como elas.

OLIVÉRIO – E onde foi viver o velho Duque?

CARLOS – Dizem que já está na Floresta de Ardenas, e muitos homens de espírito festivo estão com ele e lá vivem como o velho Robin Hood da Inglaterra. Dizem que todos os dias unem-se a ele muitos jovens da corte, e que lá passam o tempo sem preocupações, como se fazia na idade do ouro.

OLIVÉRIO – Diga-me uma coisa: você lutará amanhã diante do novo Duque?

CARLOS – Juro que sim, senhor. E vim à sua presença justamente para tratar do assunto. Fui secretamente informado que seu irmão, Orlando, tem intenção de, disfarçado, vir desafiar-me. Amanhã, senhor, eu luto frente ao Duque por minha reputação, e aquele que escapar de mim sem nenhum osso quebrado poderá sentir-se feliz. Seu irmão é ainda jovem e frágil, e pelo respeito que lhe dedico, eu seria contrário ao embate, mas terei de enfrentá-lo, por minha reputação, se ele se apresentar. Portanto, devido ao meu respeito pelo senhor, vim antes informá-lo; para que possa desviá-lo de sua intenção, ou para que possa aceitar bem tal vergonha, já que foi ele próprio que a procurou, mesmo contra a minha vontade.

OLIVÉRIO – Carlos, agradeço a sua dedicação a mim, que você verá ser generosamente recompensada. Eu mesmo já tinha notado as intenções de meu irmão e tentei indiretamente dissuadi-lo desse propósito, mas ele está decidido. E lhe digo, Carlos, ele é o jovem mais teimoso de toda a França; cheio de ambição, um competidor invejoso de toda e qualquer qualidade de um homem; vil e obscuro difamador de seu próprio irmão; portanto, use seu bom-senso. Para mim, tanto faz se você lhe quebrar o pescoço ou o dedo. Mas deve tomar cuidado com ele, pois se você fizer nele o menor ferimento que seja, ou se ele não obtiver fama à sua custa, conspirará contra você, preparará armadilhas engenhosas e desleais e nunca descansará enquanto não tiver acabado com sua vida, por qualquer meio que seja. Pois, eu lhe asseguro, e é quase com lágrimas que o afirmo: não há nos dias de hoje alguém tão jovem e tão perverso. E olha que são as palavras de um irmão; se eu fosse descrevê-lo como realmente é, enrubesceria e choraria, e você ficaria mudo de espanto.

CARLOS – Fico feliz por ter vindo falar com o senhor. Se ele aparecer amanhã, receberá o que merece. Se ele sair dessa luta andando, nunca mais lutarei para conquistar nenhum prêmio. E sendo assim, Deus guarde Vossa Senhoria.

OLIVÉRIO – Adeus, bom Carlos. (*Sai Carlos.*) Agora vou atiçar esse galinho de briga. Espero acabar com ele; pois minha alma, apesar de eu não saber por que, nada odeia mais do que ele. Contudo, tem qualidades de um nobre. Nunca frequentou uma escola e ainda assim é instruído, cheio de boas intenções. Capta a simpatia de todos, como por magia, e é tão amado por toda a gente. Especialmente por meus próprios criados, que são quem o melhor conhecem, e eu, em contrapartida, sou inteiramente menosprezado – mas isso não durará muito. Carlos, você resolverá meu problema; basta dar um empurrãozinho, que é o que vou fazer agora mesmo.

Cena 2

Jardim em frente ao palácio do Duque.

(*Entram Rosalinda e Célia.*)

CÉLIA – Eu peço, Rosalinda, querida prima, fique feliz.

ROSALINDA – Querida Célia, mostro mais alegria do que realmente sinto, e deseja que eu pareça ainda mais feliz? A não ser que possa me ensinar como esquecer um pai banido, não poderá me ensinar a lembrar de nenhum singular prazer.

CÉLIA – No que eu vejo que você não me ama com todo o ardor com que eu lhe amo. Se meu tio, seu pai banido, tivesse banido seu tio, o Duque, meu pai, e você tivesse, ainda assim, ficado comigo, eu ensinaria o meu amor a tomar seu pai como meu. Assim você o faria, se o seu amor por mim fosse tão verdadeiro quanto é o meu amor por você.

ROSALINDA – Bem, vou esquecer a condição de meu estado, para alegrar-me com o seu.

CÉLIA – Você sabe que meu pai não teve filhos além de mim e nem tem pretensões de tê-los. Assim, legitimamente, quando ele morrer, você deverá ser a sua herdeira; pois o que ele tirou de seu pai à força, eu restituirei a você por amor. Por minha honra, o farei. E se eu quebrar este juramento, que eu me torne um monstro. Sendo assim, minha doce Rosa, minha querida Rosa, fique feliz.

ROSALINDA – De agora em diante, ficarei, prima, e ainda inventarei jogos para nos divertir. Vejamos: o que você acha de brincar de se apaixonar?

CÉLIA – Santo Deus, eu rogo que sim, vamos brincar disto. Mas não ame a sério nenhum homem e nem vá tão longe, nem de brincadeira, para então poder sair honradamente e com a segurança de um inocente rubor.

ROSALINDA – Qual vai ser a nossa brincadeira então?

CÉLIA – Vamos nos sentar e zombar da boa senhora Fortuna com sua roda – que suas dádivas sejam, de hoje em diante, concedidas de maneira mais justa.

ROSALINDA – Oxalá pudéssemos fazê-lo, pois seus benefícios estão muito mal distribuídos; e a generosa senhora cega comete seus maiores erros na distribuição de dons às mulheres.

CÉLIA – É verdade; pois aquelas a quem ela faz belas raramente faz honestas; e aquelas a quem faz honestas as faz também pouco belas.

ROSALINDA – Ah, não. Assim você passa dos assuntos da Fortuna para os assuntos da Natureza. A Fortuna reina sobre os desígnios mundanos, não sobre as feições da Natureza.

(*Entra Toque.*)

CÉLIA – Não? Suponhamos que a Natureza tenha feito uma criatura bela, não pode esta mesma criatura, estando sob os desígnios da Fortuna, cair no fogo e queimar-se? Apesar de a Natureza nos ter dado espirituosidade para escarnecer da Fortuna, não nos mandou a Fortuna este bobo para acabar com a brincadeira?

ROSALINDA – É, eis aqui um exemplo do quanto a Fortuna

pode ser dura com a Natureza: faz com que naturais espíritos livres e sagazes sejam interrompidos por um idiota por natureza.

CÉLIA – Talvez isto não seja obra da Fortuna, mas, sim, da própria Natureza, que compreendeu quanto nosso espírito ainda é por demais jovem para falarmos de tais deusas e mandou este estúpido para nos dar um toque; pois desde sempre a estupidez dos tolos é a pedra que amola a razão. (*a Toque*) Olá, esperteza! Por que anda por estas bandas?

TOQUE – Senhorita, seu pai lhe chama.

CÉLIA – Agora, então, usam você como mensageiro?

TOQUE – Não, por minha honra que não! Eu fui convidado a vir chamá-la.

CÉLIA – E onde aprendeu a jurar pela honra, bobo?

TOQUE – Com certo cavalheiro que jurava por sua honra que o manjar estava bom e jurava por sua honra que a ameixa estava estragada; e eu afirmo que o manjar estava estragado e a ameixa estava boa, e nem por isso fica o cavalheiro perjurado.*

CÉLIA – E do alto de sua grande pilha de conhecimentos, como é que você me prova isto?

ROSALINDA – Vamos, eu lhe peço, banhe-nos com sua ciência.

---

* No original, molho de mostarda e panquecas. Optamos por manjar com ameixas por ser um alimento mais comum na tradição brasileira.

TOQUE – Vamos lá: agora se empertiguem, deem um passo à frente, afaguem o queixo e jurem por suas barbas que eu sou um velhaco.

CÉLIA – Por nossas barbas, se as tivéssemos, é o que você é.

TOQUE – Por minha velhacaria, se eu a tivesse, então eu seria; mas se juram pelo que não têm, nunca serão perjuradas: como não foi aquele cavalheiro, ao jurar por sua honra, pois nunca a possuiu. Ou se um dia a possuiu, já a tinha perdido em juras falsas antes mesmo de ter visto aquela ameixa ou aquele manjar.

CÉLIA – E agora humildemente pergunto: de quem é que você está falando?

TOQUE – De um cavalheiro que o velho Duque Frederico tem em alta consideração.

CÉLIA – A consideração de meu pai é o suficiente para honrá-lo: chega! Não fale mais nada sobre ele; um dia desses ainda será chicoteado por maledicência.

TOQUE – É pena que os tolos não possam, com sabedoria, falar daquilo que os sábios fazem com tanta tolice.

CÉLIA – Por minha fé, agora falou uma verdade; pois desde que censuraram a pouca esperteza dos tolos, as pequenas tolices dos sábios já dão uma boa peça. Aí vem Monsieur Le Beau.

ROSALINDA – Com a boca cheia de novidades.

CÉLIA – Que ele passará para as nossas, como uma pomba que alimenta seus filhotes.

ROSALINDA – E então ficaremos gordas e empanturradas de novidades.

CÉLIA – Melhor assim, seremos então as aves mais atrativas aos compradores. (*Entra Le Beau.*) *Bonjour*, Monsieur Le Beau, quais são as novidades?

LE BEAU – Queridas princesas, vocês perderam uma ótima diversão.

CÉLIA – Diversão? De que aparência?

LE BEAU – Que aparência, senhora? Como eu posso responder?

ROSALINDA – Como fariam o espírito e o acaso.

TOQUE – Ou como o Destino decretar.

CÉLIA – Nossa, bem dito: sutil como um hipopótamo.

TOQUE – Quando aquilo que eu disser não tiver validade...

ROSALINDA – Quer dizer que o seu prazo expirou!

LE BEAU – Assim vocês me confundem, senhoras. Eu iria contar sobre divertidos embates que vocês perderam.

ROSALINDA – Então nos conte como foram.

LE BEAU – Vou contar como tudo começou, e se a história agradar às senhoritas, poderão ver como termina, visto que o melhor ainda está por vir, e aqui, onde vocês se encontram, é que mais uma luta se desenrolará.

CÉLIA – Bem, vamos então do começo, que já está morto e enterrado.

LE BEAU – Havia um homem, já velho, com três filhos...

CÉLIA – Conheço mil histórias que começam exatamente assim.

LE BEAU – Três excelentes moços; fortes e saudáveis.

ROSALINDA – Com letreiros nos pescoço: "Era uma vez...".

LE BEAU – O mais velho dos três lutou com Carlos, o lutador do Duque, e, num piscar de olhos, Carlos o arremessou longe, quebrando três de suas costelas, de maneira que é bem pouco provável que ele sobreviva. Igual tratamento receberam o irmão do meio e o caçula. E lá eles estão, à beira da morte; o pobre velho, pai deles, proferiu palavras tão profundamente dolorosas sobre seus filhos que não houve um espectador que não se pusesse com ele a chorar.

ROSALINDA – Santo Deus!

TOQUE – Mas qual é mesmo a diversão, *monsieur*, que as senhoritas perderam?

LE BEAU – Como assim? Esta que eu acabei de contar.

TOQUE – Veja só. Não há um dia em que um bobo não possa aprender alguma coisa: é a primeira vez que eu ouço dizer que ver costelas sendo quebradas seja divertimento para senhoritas.

CÉLIA – Eu juro que eu também.

ROSALINDA – Mas há mais alguém que deseja ser tocado por este desafinador de caixas torácicas? Existe por aqui mais alguém apaixonado por costelas quebradas? Devemos ver essa luta, prima?

LE BEAU – Verão, se ficarem aqui: pois este é o local marcado para a luta, e eles já estão prontos.

CÉLIA – É verdade, lá estão eles, vindo para cá: agora nós ficaremos e veremos.

(*Clarins. Entram Duque Frederico, nobres, Orlando, Carlos e séquito.*)

DUQUE FREDERICO – Vamos: não estando o rapaz propenso a ser demovido de seu propósito, que corra o risco de sua ação.

ROSALINDA – É aquele o homem?

LE BEAU – Ele mesmo, senhora.

CÉLIA – Por Deus, ele é muito jovem! E mesmo assim tem cara de vencedor.

DUQUE FREDERICO – Mas que estranha surpresa, filha e sobrinha! Vieram de mansinho para espiar a luta?

ROSALINDA – Sim, meu soberano, se for de seu agrado nos dar permissão.

DUQUE FREDERICO – Não será uma paisagem muito agradável aos seus olhos, eu posso afirmar, pois o lutador Carlos leva grande e esmagadora vantagem. Eu tentei dissuadir o desafiante, compadecido que estava de sua juventude, mas ele não se deixa convencer. Fale vocês com ele, senhoritas, vejam se conseguem fazê-lo mudar de ideia.

CÉLIA – Traga-o aqui, Monsieur Le Beau.

DUQUE FREDERICO – Faça isso: eu me afastarei.

LE BEAU – Senhor desafiante, a princesa o chama.

ORLANDO – Obedeço-lhe com todo o meu respeito.

ROSALINDA – Jovem, você desafiou Carlos, o lutador?

ORLANDO – Não, gentil princesa, foi ele quem lançou um desafio público: eu aceitei o desafio, assim como outros o fizeram, para com isso por à prova a força de minha juventude.

CÉLIA – Jovem cavalheiro, seus princípios são muito audaciosos para sua idade. Você já teve provas cruéis da força deste homem: se você se visse com seus próprios olhos e se pudesse conhecer-se com sua própria razão, o medo de sua aventura aconselharia-o a procurar uma empreitada menos desigual. Nós lhe imploramos, por seu próprio bem, a optar por sua própria segurança, e desistir dessa loucura.

ROSALINDA – Sim, jovem senhor, desista. Sua reputação, no entanto, não ficará manchada: pediremos nós mesmas ao Duque para que esta luta não aconteça.

ORLANDO – Eu peço, não me punam com seus pensamentos severos; apesar de me sentir culpado por negar um pedido a damas tão belas e amáveis. Mas deixem seus belos olhos e gentis desejos irem comigo para a minha batalha, pois se eu for derrotado, ficará desonrado quem nunca conheceu a bondade; se morto, morrerá quem assim o quer: não entristecerei nenhum amigo, pois não tenho nenhum para lamentar a minha morte; ao mundo não darei prejuízo, pois nada possuo de meu: só faço é ocupar um lugar neste mundo, que poderá ser mais bem preenchido quando eu o tornar vazio.

ROSALINDA – A pouca força que tenho, gostaria que estivesse com você.

CÉLIA – E a minha também para reforçar a dela.

ROSALINDA – Adeus. Queira os céus que eu tenha me enganado.

CÉLIA – Que os desejos de seu coração estejam com você.

CARLOS – E então, onde está o valente jovem tão desejoso de beijar o chão?

ORLANDO – Aqui, senhor. Mas o desejo dele é bem mais modesto.

DUQUE FREDERICO – Você deveria tentar acabar com esta luta com apenas uma queda.

CARLOS – Sim, posso assegurar que Vossa Graça não precisará insistir para que ele se levante, como se empenhou em insistir para que ele não lutasse.

ORLANDO – Se você pretende zombar de mim depois, não deveria tê-lo feito antes, mas seja como quiser.

ROSALINDA – Que Hércules seja seu guia, jovem!

CÉLIA – Gostaria de ser invisível para puxar aquele fortão pelas pernas.

(*Lutam.*)

ROSALINDA – Que moço esplêndido!

CÉLIA – Se eu tivesse raios em meus olhos, saberia quem é que vai para o chão.

(*Gritos. Carlos é arremessado.*)

DUQUE FREDERICO – Basta. Basta.

ORLANDO – Não, eu imploro a Vossa Graça. Ainda não cheguei ao auge de minhas forças.

DUQUE FREDERICO – E como está você, Carlos?

LE BEAU – Não pode nem falar, meu senhor.

DUQUE FREDERICO – Leve-o daqui. Como é seu nome, caro jovem?

ORLANDO – Orlando, meu soberano. O filho mais novo de Sir Rolando de Boys.

DUQUE FREDERICO – Antes fosse filho de qualquer outro. Todos tinham o seu pai em grande estima, mas em mim, ele tinha um inimigo. Você teria caído em minhas graças por tal feito se tivesse descendido de outra casa. Mas, passar bem, é um jovem valente. Oxalá tivesse me falado de outro pai.

(*Saem Duque, séquito e Le Beau.*)

CÉLIA – Se eu fosse meu pai, prima, agiria assim?

ORLANDO – Tenho muito orgulho em ser filho de Sir Rolando, e por nada trocaria tal nome, nem para cair nas graças de Frederico.

ROSALINDA – Meu pai amava Sir Rolando como a um irmão, e todos eram da mesma opinião de meu pai. Se eu soubesse antes que este jovem é seu filho, teria também lhe dado lágrimas junto com minhas súplicas.

CÉLIA – Querida prima, vamos agradecê-lo e encorajá-lo. A grosseria e maledicência de meu pai me ferem o coração. (*a Orlando*) Senhor, você superou todas as expectativas. Se cumprir as promessas de amor com tanta justeza quanto agora, sua esposa será muito feliz.

ROSALINDA (*dando-lhe o colar que estava em seu pescoço*) – Cavalheiro, use isto por mim, alguém que foi abandonada pela sorte, que poderia dar-lhe mais, mas cujas mãos estão vazias. (*a Célia*) Vamos, prima?

CÉLIA – Sim. Adeus, bom cavalheiro.

ORLANDO – Será que eu não sou capaz nem de dizer obrigado? Meu coração e minha alma estão derrotados, e isto que está aqui é um poste, um mero bloco sem vida.

ROSALINDA – Ele nos chama de volta: meu orgulho se foi com minha sorte; vou ver o que ele quer. (*a Orlando*) Você chamou? O senhor lutou muito bem e conquistou mais do que seus inimigos.

CÉLIA – Prima, você não vem?

ROSALINDA – Já vou. (*a Orlando*) Adeus.

(*Saem Célia e Rosalinda.*)

ORLANDO – Que paixão é essa que põe pesos em minha língua? Não consigo lhe dirigir a palavra, e mesmo assim eu sinto que ela quer falar comigo. Oh, pobre Orlando, você foi nocauteado! Ou Carlos, ou algo mais frágil te dominou.

(*Volta Le Beau.*)

LE BEAU – Bom senhor, de boa-fé aconselho a fugir deste lugar. Apesar de você merecer louros, aplausos sinceros e afeição, tal é o humor do Duque nestes tempos, que ele distorce todos os seus feitos. O Duque é caprichoso: e o que ele é, de fato, é melhor você deduzir do que eu falar.

ORLANDO – Eu agradeço, senhor, e peço que me diga: qual das duas é a filha do Duque que aqui esteve na luta?

LE BEAU – Nenhuma das duas, se fosse julgar pelo gênio. Mas, sim, de fato a mais baixa é sua filha. A outra é filha do Duque banido, e foi mantida aqui por seu tio usurpador para fazer companhia à prima. A afeição que têm uma pela outra não poderia ser maior se fossem irmãs. Mas ultimamente este Duque tem demonstrado aversão por sua gentil sobrinha, baseado em nenhuma outra razão além do fato de que o povo todo a elogia por suas virtudes, e lamentam sua sorte, lembrando quão bom era seu pai. E, por minha fé, estou pressentindo que seu ódio contra ela está a ponto de estourar. Senhor, adeus. Em tempo melhor, desejaria conhecê-lo melhor.

ORLANDO – Eu lhe serei eternamente grato. Adeus. (*Sai Le Beau.*) E agora da fornalha para o fogo: de um Duque tirano para um tirânico irmão. Mas... Adorável Rosalinda!

Cena 3

Um quarto no palácio.

(Entram Célia e Rosalinda.)

CÉLIA – Ora, prima! Ora essa, Rosalinda! Que cupido tenha dó! Nem uma palavra?

ROSALINDA – Nem uma sequer para ser jogada aos cães.

CÉLIA – Não, suas palavras são por demais preciosas para serem desperdiçadas com vira-latas; atire algumas delas em mim; vamos, vença-me com suas razões.

ROSALINDA – Então ficaríamos com duas primas inválidas: uma vencida por minhas razões e a outra sem razão nenhuma.

CÉLIA – Mas tudo isso é por seu pai?

ROSALINDA – Não, um pouco é também pelo pai de meu filho. Ai, quão cheio de espinhos é este mundo.

CÉLIA – São apenas carrapichos que você pegou ao andar pelo mato. Se não andarmos por caminhos conhecidos, nossas anáguas ficarão infestadas deles.

ROSALINDA – Eu poderia tirá-los se estivessem em meu casaco: estes carrapichos grudaram em meu coração.

CÉLIA – Tussa e livre-se deles.

ROSALINDA – Eu o faria, se com a tosse atraísse o bem-amado.

CÉLIA – Ora, vamos, lute com seus sentimentos.

ROSALINDA – Ai, eles estão do lado de um lutador muito melhor do que eu.

CÉLIA – Que tenha sorte, então. A seu tempo, vai enfrentar esta luta, com o risco de uma queda. Mas deixemos as pilhérias de lado, falemos a sério: será possível que, em um instante, você tenha se apaixonado tão fortemente pelo filho mais novo do velho Sir Rolando?

ROSALINDA – O Duque meu pai amava o pai dele de todo o coração.

CÉLIA – E daí portanto resulta que você deva amá-lo? Por essa lógica, eu deveria odiá-lo, pois meu pai odiava o pai dele de todo o coração. No entanto, eu não odeio Orlando.

ROSALINDA – Não, céus, não o odeie, por amor a mim.

CÉLIA – Por que o faria? Não é ele merecedor de honra?

ROSALINDA – Deixe-me amá-lo por esse motivo, e você o ame por eu o amar. Veja, aí vem o Duque.

CÉLIA – Com cólera nos olhos.

(*Entram Duque Frederico e lordes.*)

DUQUE FREDERICO – Senhora, apronte-se sem perder tempo. E afaste-se de nossa corte.

ROSALINDA – Eu, tio?

DUQUE FREDERICO – Você, sobrinha. Se dentro de dez dias for encontrada a pelo menos trinta quilômetros* de nossa corte, morrerá por isso.

ROSALINDA – Eu imploro a Vossa Alteza: esclareça ao menos qual foi o meu crime. Se tenho consciência de mim mesma, ou se os meus próprios desejos reconheço; se não estou sonhando, ou se não sou louca – como eu acredito que não seja – então, querido tio, nunca, nem mesmo em pensamentos não pensados ofendi a Vossa Alteza.

DUQUE FREDERICO – Assim o fazem todos os traidores, se a purgação só consistisse em palavras, seriam tão inocentes quanto a própria virtude em si. Que isto baste: não confio em você.

ROSALINDA – Nem mesmo a vossa desconfiança pode me tornar uma traidora: me diga em que ela se baseia.

DUQUE FREDERICO – Você é filha de seu pai, é o bastante.

ROSALINDA – Eu já o era quando Vossa Alteza pegou o seu ducado; eu já o era quando Vossa Alteza o baniu. Traição não se herda, meu senhor; ou mesmo se a herdássemos de nossos amigos, o que isso me faria? Meu pai não foi um traidor. Portanto, meu bom soberano, não me entenda tão mal a ponto de achar que é traiçoeira a minha pobreza.

CÉLIA – Querido soberano, escute-me.

---

* No original: vinte milhas. Convertemos para o padrão de medida brasileiro e arredondamos para melhor sonoridade.

DUQUE FREDERICO – Sim, Célia, nós a mantivemos por sua causa; não fosse por você, ela teria sido desterrada junto com o pai.

CÉLIA – Àquela época, não lhe pedi para mantê-la aqui; o fez porque quis, por seu remorso. Naquele tempo, eu era muito nova para reconhecer o valor dela; mas agora eu a conheço: se ela é uma traidora, também eu o sou – nós sempre dormimos juntas, sempre acordamos no mesmo instante, aprendemos, brincamos, comemos sempre juntas, e onde quer que fôssemos, como dois cisnes de Juno, sempre formávamos um par inseparável.

DUQUE FREDERICO – Ela é muito astuta para você; a sua afabilidade, seu silêncio e sua paciência falam ao povo, e se apiedam dela. Você é tola: ela rouba seu prestígio. E você parecerá mais esperta e virtuosa quando ela se for. Portanto cale-se: minha decisão é irrevogável. Está banida!

CÉLIA – Então, imponha-me também tal sentença, meu soberano. Não posso viver sem a companhia dela.

DUQUE FREDERICO – Você é uma tola. Você, sobrinha, prepare-se: se não cumprir o prazo estipulado, por minha honra, e pela grandeza de minha palavra, você morrerá.

(*Saem Duque Frederico e lordes.*)

CÉLIA – Ai, minha pobre Rosalinda, para onde irá? Quer trocar de pai? Daria a você o meu. Eu peço, não fique mais ferida do que já estou.

ROSALINDA – Tenho mais razões.

CÉLIA – Não as tem, não. Não, prima, eu imploro, anime-se: não sabe que o Duque acabou de banir-me, sua própria filha?

ROSALINDA – Não, isso ele não fez.

CÉLIA – Não? Não o fez? Então Rosalinda carece do amor que a ensinou que ela e eu somos uma. Devemos, então, ser separadas uma da outra, querida menina? Não! Que meu pai procure outra herdeira. Portanto, planeje comigo como vamos partir, para onde ir e o que levar; e nem tente carregar este destino só em suas costas, suportar suas dores sozinha e deixar-me para trás; pois, por este céu, agora pálido por nossas lágrimas, diga-me o que vai fazer, que o farei com você.

ROSALINDA – Mas para onde ir?

CÉLIA – À procura de meu tio, na Floresta de Ardenas.

ROSALINDA – Céus, que perigos não nos esperam, jovens damas que somos, numa viagem tão longa e distante?! A Beleza atrai mais os ladrões do que o ouro.

CÉLIA – Vou me vestir com roupas velhas e simples e sujar o rosto; faça você o mesmo, assim poderemos andar sossegadas sem atrair assaltantes.

ROSALINDA – Não seria melhor, sendo eu mais alta que o normal, que me vista exatamente como um homem? Uma imponente adaga presa à coxa; uma lança de caça na mão; e – embora eu leve escondido no coração todo o temor feminino que tenho – terei a figura de um guerreiro fanfarrão, como muitos homens covardes que apenas com sua aparência superam os obstáculos.

CÉLIA – Como deverei chamá-la quando se tornar um homem?

ROSALINDA – Não terei nome inferior ao do próprio pajem de Júpiter, portanto somente me chame Ganimedes. Mas e você, quer ser chamada como?

CÉLIA – Por algo que se refira ao meu estado; não mais Célia, mas, sim, Aliena.

ROSALINDA – Prima, e se tentássemos roubar o bobo da corte de seu pai? Não seria ele de grande ajuda em nossa viagem?

CÉLIA – Ele irá comigo para onde eu for; deixe-me a sós para persuadi-lo. Partamos e levemos nossas joias e nosso ouro. Veja qual é a melhor hora e a maneira mais segura para nos esconder da perseguição que será feita quando descobrirem minha fuga. Agora partamos contentes. Não para o banimento, mas para a liberdade.

FIM DO 1º ATO

Ato II

Cena 1
Floresta de Ardenas.

(Entram Duque Sênior, Amiens e dois ou três nobres, vestidos como monteiros.)

DUQUE – Então, meus companheiros e irmãos de desterro, não tem feito esta experiência bem mais doce nossa vida do que a pompa artificial? Este bosque não é mais tranquilo do que a invejosa corte?
Aqui não sofremos nada além do castigo imposto a Adão: sentimos as mudanças das estações, mas não nos aborrecemos com isso. Quando o gélido hálito do vento selvagem me repreende, mordendo e soprando sobre meu corpo, mesmo que eu trema de frio, fico agradecido pela honestidade do tempo. Eu sorrio e penso: "Graças aos céus que o vento não vem me bajular: é como um conselheiro que me faz sentir do que realmente sou feito".
Podem ser doces os frutos da adversidade, como um sapo que, feio e venenoso, traz uma pedra preciosa em sua cabeça; e essa nossa vida, excluída da balbúrdia, encontra linguagem nas árvores, nos fluentes riachos, literatura, sermões em pedras, e bondade em toda a parte. Por nada a trocaria.

AMIENS – Feliz é Vossa Graça que traduz a dureza do destino num estilo tão tranquilo e tão doce.

DUQUE – E agora, caçaremos algum cervo? Ainda me preocupam essas pobres criaturas, cidadãos nativos desta cidade desabitada, que devem, em seu próprio território, ter seus arredondados quadris espetados por flechas afiadas.

PRIMEIRO NOBRE – Exatamente, meu senhor, isso faz sofrer o nosso melancólico Jaques, e assim ele jura a todos que o senhor é mais usurpador do que seu irmão que o baniu. Hoje, o nobre Amiens e eu o espreitamos. Enquanto descansava sob um carvalho, cujas raízes antigas chegam ao riacho que permeia esta floresta. Lá, um pobre cervo separado de seu grupo foi o foco de um caçador e veio a ser morto. E realmente, meu senhor, o infeliz animal lançava gemidos tais que quase rompia sua veste de couro, e grandes lágrimas redondas seguiam uma a outra por seu inocente focinho, em comovente sequência. E tal tolo peludo, muito observado pelo melancólico Jaques, permaneceu na margem do vivo riacho, aumentando-o com suas lágrimas.

DUQUE – E o que disse Jaques? O que apreendeu de tal espetáculo?

PRIMEIRO NOBRE – Oh, milhares de comparações. Primeiro, chorando no riacho, "Pobre cervo", ele disse, "você fez o testamento como os mortais, deixando muito para quem já tem demais". Então, vendo-o lá sozinho, abandonado por seus prósperos companheiros: "É assim", ele disse, "a miséria afasta os amigos". Logo, então, um bando sem preocupação, de barriga cheia, passou saltitando perto dele e não parou nem para cumprimentá-lo. "Isso", disse Jaques, "corram, cidadãos gordos e sujos; é o costume. Por que vocês olhariam para aquele miserável falido?" E assim, com suas estocadas, ele feria o corpo do país, cidade, corte, e desta nossa vida, jurando que somos meros usurpadores, tiranos e o pior: assustamos os animais e os matamos em sua própria moradia.

DUQUE – E você o deixou assim, em sua contemplação?

SEGUNDO NOBRE – Sim, meu senhor, chorando e comentando sobre o cervo agonizante.

DUQUE – Mostre-me o local, adoraria encontrá-lo nesse estado sombrio, pois ele é cheio dessa matéria.

PRIMEIRO NOBRE – Agora mesmo.

Cena 2

No palácio.

(*Entram Duque Frederico e nobres.*)

DUQUE FREDERICO – Será possível que ninguém as viu? Não pode ser. Alguns vilões de minha corte, como cúmplices, permitiram isso.

PRIMEIRO NOBRE – Não ouvi ninguém que a tenha visto. As damas, suas criadas de quarto, viram-na deitar-se e, na manhã seguinte, encontraram a cama desprovida de seu tesouro.

SEGUNDO NOBRE – Meu senhor, o vil bufão, com quem muitas vezes Sua Graça chega às gargalhadas, também desapareceu. Hispéria, dama de honra da princesa, confessou que ouviu secretamente sua filha e a prima elogiando as qualidades e virtudes do lutador Orlando, que venceu, há pouco, o forte Carlos, e ela acredita que, onde quer que estejam, o jovem estará em sua companhia.

DUQUE FREDERICO – Vá até a casa do irmão desse homem. Traga Orlando aqui. Se ele não estiver, traga o irmão; eu farei com que ele o encontre. Faça isso imediatamente. E que não cessem as investigações e as buscas por essas fugitivas sem juízo.

Cena 3

Em frente à casa de Olivério.

(*Entram Orlando e Adão. Eles se encontram em cena.*)

ORLANDO – Quem está aí?

ADÃO – O que, meu jovem senhor? Oh, meu gentil senhor, oh, meu doce senhor, oh, você é a memória do meu velho senhor Rolando! Ah, o que faz aqui? Por que você é bom? Por que as pessoas o amam? E por que motivo você é gentil, forte e valente? Por que seria tão tolo em tentar superar o forte lutador desse Duque caprichoso? Sua fama chegou aqui antes de você. Você não conhece, senhor, alguns homens cujas virtudes causam danos? Assim é com você. Suas virtudes, gentil senhor, são traidores santificados e sagrados. Oh, que mundo este, em que aquele que é gracioso é envenenado por sua própria graça.

ORLANDO – Mas afinal, qual é o problema?

ADÃO – Oh, infeliz jovem, não entre por estas portas! Debaixo deste teto está o inimigo de todas as suas virtudes: seu irmão – não, não irmão; ainda assim o filho – não, não o filho, eu não o chamaria de filho daquele a quem me referiria como pai – soube de seus feitos e, nessa noite, ele pretende queimar o seu aposento e você nele. Se ele falhar, tentará outros meios para acabar com você. Eu ouvi, por acaso, suas intenções. Este já não é o seu lugar, esta casa é um matadouro. Fuja! Vá embora!

ORLANDO – Oh! Para onde, Adão, devo ir?

ADÃO – Não importa o lugar, desde que não seja aqui.

ORLANDO – Mas o quê? Você gostaria que eu fosse embora e implorasse por comida? Ou então, tivesse uma vida de bandido, com uma vil e tosca espada, assaltando viajantes numa estrada qualquer? É tudo que me resta a fazer, porém não o farei. Prefiro me sujeitar à malícia de um sanguinário irmão que não reconhece a semelhança de nosso sangue.

ADÃO – Mas não o faça. Eu tenho quinhentas coroas, economia que junto desde o tempo que trabalhei com seu pai e guardei para ser minha aposentadoria quando, por ser velho, o serviço já seria mal realizado e me renegariam pelo mesmo motivo. Leve contigo, pois Aquele que dá comida aos corvos, e ainda cuida do pardal, trará conforto à minha velhice. Aqui está o ouro. Dou-lhe tudo. Deixe-me ser seu criado. Embora eu aparente ser velho, ainda sou forte e robusto, pois, em minha juventude, nunca deixei bebidas fortes percorrerem meu sangue, nem procurei por prazeres que só causariam fraqueza e debilidade. Por essa razão, minha velhice é como um intenso inverno, gelado, porém bondoso. Deixe-me ir com o senhor. Vou lhe servir como um homem jovem, em todos seus assuntos e necessidades.

ORLANDO – Oh, velho bom homem, você é claramente um exemplo do mundo antigo, quando os serviços eram feitos por dever e não por recompensas! Você não segue a moda dos tempos atuais, em que todos suam por promoção, que, uma vez obtida, sufoca o próprio serviço. Não é assim com você. Mas, pobre senhor, você encontrou uma árvore seca, que não pode gerar nada, nem mesmo uma flor em troca de seu cansaço e de seus cuidados. Mas venha, se quiser. Iremos juntos e antes de termos gastado todas suas economias, encontraremos uma vida que nos agrade.

ADÃO – Vá, meu mestre, e eu o seguirei, até meu último suspiro, com verdade e lealdade. Dos dezessete até hoje, quase com oitenta anos, sempre vivi aqui, mas agora não mais. Aos dezessete muitos buscam a sorte, mas, aos oitenta, avizinha-se a morte. Ainda assim, não há sorte maior do que poder morrer sem dever nada a seu mestre.

Cena 4

Na Floresta de Ardenas.

(*Entram Rosalinda como Ganimedes, Célia como Aliena e Toque.*)

ROSALINDA – Oh, Júpiter, como estão cansados os meus espíritos.

TOQUE – Eu não me importaria com meus espíritos, se minhas pernas não estivessem tão cansadas.

ROSALINDA – Tenho vontade de rasgar esta minha roupa de homem e chorar como mulher; porém devo cuidar do vaso mais frágil, pois diante da anágua, calças e coletes devem se mostrar mais corajosos. Sendo assim, coragem, boa Aliena.

CÉLIA – Eu peço a vocês, me perdoem. Não suporto mais.

TOQUE – Da minha parte, eu prefiro dar um suporte a você a ter de suportar você. Ainda assim, mesmo se eu suportasse você, não levaria nenhum peso, *pues no tienes pesos en su bolseta.**

ROSALINDA – Bom, eis a Floresta de Ardenas.

TOQUE – Ei, agora que estou em Ardenas, sou mais bobo ainda! Quando estava em casa, estava num lugar melhor. Porém, viajantes devem sempre ficar satisfeitos.

---

* No original, Shakespeare utiliza o verbo "bear" em um duplo sentido: suportar a situação adversa e carregar. Toque diz que não quer carregar Célia, pois ela não tem "crosses", ou seja, dinheiro – as moedas da época elisabetana, que tinham cruzes ("cross") desenhadas. Colocamos a última frase em espanhol para brincar com o falso cognato da palavra "bolseta".

(*Entram Corino e Sílvio.*)

ROSALINDA – Ai, que seja, bom Toque. Vejam só, quem vem lá? Um jovem e um velho numa conversa solene.

CORINO – É por isso que ela ainda o despreza.

SÍLVIO – Ai, Corino, se você soubesse o quanto a amo!

CORINO – Eu imagino, pois, antigamente, eu também já amei.

SÍLVIO – Não, Corino, por ser velho, você não pode imaginar, mesmo que em sua juventude você tenha sido um amante tão verdadeiro como aqueles que suspiram no travesseiro, à noite. Mas se seu amor foi como o meu – mesmo sabendo com certeza que nunca outro homem amou tanto –, quantas ações ridículas você cometeu em nome de sua fantasia?

CORINO – Mais de mil, porém, eu me esqueci.

SÍLVIO – Oh, você nunca amou realmente! Se você nem sequer se lembra da menor loucura que o amor já fez você cometer, então, não amou. Ou se você nunca esteve, como estou agora, cansando seu amigo com tantos elogios à sua amada, então, não amou. Ou se você nunca se isolou como minha paixão agora me obriga, então, não amou. Oh, Febe, Febe, Febe!

(*Sai Sílvio.*)

ROSALINDA – Que triste! Pobre pastor, ao se deparar com sua ferida, eu me deparei com a minha.

TOQUE – E eu com a minha. Eu me lembro que quando estive apaixonado, quebrei minha espada numa rocha e a mandei aceitar aquilo por ter vindo visitar a Nani Sorrisos, à noite; e eu me lembro de beijar sua tábua de bater roupas, e a teta da vaca que suas lindas mãos machucadas tinham ordenhado; e eu me lembro de cortejar uma vagem de ervilha em vez de Nani, de onde tirei dois grãos, e, devolvendo-os à vagem, disse com um rio de lágrimas: "Use-os para lembrar-se de mim". Nós que somos verdadeiros amantes damos estranhas cambalhotas. Mas como tudo é mortal na natureza, então toda natureza do amor é mortalmente louca.

ROSALINDA – Você é mais sábio do que tem consciência.

TOQUE – Não, eu tenho consciência, mas só me preocuparei com minha sabedoria quando bater a canela nela.

ROSALINDA – Oh, Júpiter, a paixão desse pastor reflete o meu amor!

TOQUE – E o meu, mas em mim se torna insosso.

CÉLIA – Eu peço, um de vocês vá perguntar àquele senhor se, em troca de ouro, ele nos daria comida. Estou morta de fome.

TOQUE – Olá, seu caipira!

ROSALINDA – Cuidado, bobo, ele não é seu parente.

CORINO – Quem chama?

TOQUE – Seu superior, senhor.

CORINO — Claro, do contrário você seria um infeliz.

ROSALINDA (*a Toque*) — Vai com calma, eu já disse. (*Voltando-se a Corino.*) Boa tarde, meu amigo.

CORINO — Boa tarde, gentil senhor, e boa tarde para todos.

ROSALINDA — Por piedade, pastor, se o amor ou o ouro puder pagar por hospedagem neste deserto, leve-nos aonde poderemos descansar e nos alimentar. Esta jovem donzela viajou muito e está quase desmaiando.

CORINO — Amável senhor, tenho pena dela e esperaria, mais por ela do que por mim, que minha fortuna fosse capaz de aliviá-la. Mas eu sou um pastor com um patrão e não toso a lã das ovelhas que cuido. Meu patrão tem pouca disposição e nenhum cuidado em tentar descobrir o caminho para o céu com atos de hospitalidade. Além disso, sua cabana, seu rebanho e seus pastos estão à venda, e em nosso celeiro não há o que possa alimentar vocês. Mas venham ver, e com meu convite vocês serão muito bem-vindos.

ROSALINDA — Quem vai comprar seu rebanho e seu pasto?

CORINO — Aquele jovem apaixonado que vocês viram aqui há pouco, que pouco se importa em comprar qualquer coisa.

ROSALINDA — Eu peço, se com o pastor não for desonesto: compre você a cabana, o pasto e o rebanho, você pagará com o dinheiro que nós lhe daremos.

CÉLIA — E nós vamos aumentar seu salário. Eu gosto desse lugar e torço em poder gastar meu tempo todo nele.

CORINO – Certamente, tudo está à venda. Venham comigo. Se vocês gostarem do solo, da renda e desse tipo de vida, eu serei seu criado e comprarei tudo imediatamente com o seu ouro.

Cena 5

Em outra parte da Floresta.

(Entram Amiens, Jaques e outros nobres, como monteiros.)

AMIENS (*canta*) –
Sob o carvalho copado
Quem vem deitar-se ao meu lado
Para com voz de menino
Se unir ao canto dos passarinhos?
Vem cá, vem cá, vem cá
Pois não terá, terá, terá
Como inimigo
Mais que o perigo
Da estação má.

JAQUES – Mais, mais, por favor, mais.

AMIENS – Isso o deixará melancólico, Monsieur Jaques.

JAQUES – Tanto melhor; mais, por favor, mais. Eu consigo sugar melancolia de uma canção como um tamanduá suga formigas de um formigueiro.* Mais, por favor, mais.

AMIENS – Minha voz está rouca e sei que não vou agradar-lhe.

JAQUES – Eu não quero que você me agrade, eu quero que você cante. Vamos, mais, outro *stanzo* – é este o nome que vocês usam para estrofes, não é?

---

* Shakespeare, no original, usa a imagem: como uma doninha suga ovos (para alimentar-se).

AMIENS – Como quiser, Monsieur Jaques.

JAQUES – Não, eu não me importo com seus nomes: não me devem nada. Cantará?

AMIENS – Mais por seu pedido do que por meu agrado.

JAQUES – Muito bem, se alguma vez eu agradecer a um homem, eu agradecerei a você; mas saiba que o que chamam de cumprimento entre homens, na verdade, é um encontro entre dois babuínos. E quando um homem me agradece de todo o coração, eu sinto como se lhe tivesse dado um centavo e ele me agradecesse como um mendigo. Venha, cante; e os que não quiserem, segurem a língua.

AMIENS – Bem, eu terminarei a canção. Senhores, arrumem a mesa. O Duque beberá sob esta árvore. Ele esteve o dia todo à sua procura.

JAQUES – E eu estive o dia todo o evitando; ele discute muito como companheiro. Eu penso sobre tantos assuntos quanto ele, mas agradeço aos céus e não me gabo por isso.

AMIENS (*canta*) –
Quem a ambição desconhece
E ao sol viver agradece
Buscando o próprio alimento
No rio, na terra, no vento?
Vem cá, vem cá, vem cá
Pois não terá, terá, terá
Como inimigo
Mais que o perigo
Da estação má.

JAQUES – Eu lhe darei um verso que fiz ontem para essa melodia, sem precisar gastar minhas habilidades retóricas.

AMIENS – E eu o cantarei.

JAQUES – É assim:
(*canta*)
Se um dia você quiser
Virar um asno qualquer
Deixando lar e riqueza
Sem garfo, faca ou princesa
Ducdame, ducdame, ducdame
Pois não terá, terá, terá
Nenhum abrigo,
Mas só o perigo
Da estação má.

AMIENS – O que é ducdame?

JAQUES – É uma invocação grega para chamar bobos para dentro do círculo. Vou dormir se puder, se não puder, vou insultar toda a nobreza.*

AMIENS – E eu procurarei o Duque; o banquete está pronto.

---

* No original, a fala de Jaques refere-se a insultar os primogênitos do Egito.

Cena 6
Na Floresta.

(Entram Orlando e Adão.)

ADÃO – Querido senhor, não consigo seguir adiante. Oh, eu morrerei de fome! Aqui me deito e vou medir o tamanho de minha sepultura. Adeus, bom senhor.

ORLANDO – Oh, como assim, Adão? Não há mais coragem em você? Viva um pouco, anime-se um pouco, alegre-se um pouco. Se nesta floresta desconhecida houver qualquer animal selvagem, ou ele se alimentará de mim ou o trarei como alimento para você. Seu pensamento está mais perto da morte do que seu corpo. Por mim, crie coragem; mantenha, por um instante, a morte a um braço de distância. Estarei aqui com você em breve e se não lhe trouxer algo para comer, darei a você permissão para morrer. Porém, se morrer antes que eu volte, pensarei que despreza meu esforço. Que bom, você parece mais animado, e estarei com você em pouco tempo. Porém, ainda assim, você ficaria no vento frio. Venha, eu encontrarei algum abrigo para você e não morrerá por falta de um jantar, se vive algo neste deserto. Coragem, bom Adão.

Cena 7

Na Floresta de Ardenas.

(*Entram Duque Sênior, Amiens e lordes, como foragidos.*)

DUQUE SÊNIOR – Acho que ele se transformou num bicho do mato, pois, como homem, não o encontro em lugar algum.

PRIMEIRO NOBRE – Meu senhor, ele saiu há pouco daqui; aqui estava alegre, ouvindo uma canção.

DUQUE SÊNIOR – Se ele, cheio de ruídos, se tornar musical, em breve, teremos dissonâncias nas esferas. Procure-o e diga que quero falar com ele.

(*Entra Jaques.*)

PRIMEIRO NOBRE – Ele poupa meu trabalho ao se aproximar.

DUQUE SÊNIOR – Oh, como assim, *monsieur*?! Que vida é essa na qual seus pobres amigos devem implorar por sua companhia? Veja, parece contente!

JAQUES – Um bobo, um bobo! Encontrei um bobo na floresta, um bobo legítimo – que mundo miserável! Tão certo como eu vivo por comida, encontrei o bobo, que se deitava lagarteando ao sol e xingava a senhora Fortuna com ideias eloquentes, ideias cuidadosamente eloquentes – e, ainda assim, um bobo a caráter!
"Bom dia, bobo", eu disse. "Não, senhor", ele respondeu, "não me chame de bobo até que o céu me sorria com a fortuna".
Então, de sua sacola, tirou um relógio de sol e vendo isso com olhos solenes, diz sabiamente: "São dez horas. Assim podemos

ver", ele disse, "como anda esse mundo. Uma hora atrás eram nove, e depois de uma hora serão onze. E assim, de hora em hora, envelhecemos e, de hora em hora, apodrecemos, e a partir disso, faz-se um conto".
Quando ouvi o bobo a caráter moralizar sobre o tempo, meus pulmões começaram a cantar como galo, pelo fato de que bobos possam ser tão profundos. E eu ri sem parar por uma hora marcada em seu relógio. Oh, nobre bobo, valioso bobo! Só há dignidade numa roupa de bobo.

DUQUE SÊNIOR – Que bobo é esse?

JAQUES – Um valioso bobo! Ele já foi bobo da corte e diz que se uma mulher é jovem e bela, ela sabe bem disso. E em seu cérebro, mirrado e seco como uma passa, ele armazena máximas e as dissemina em frases estropiadas. Oh, quem dera ser um bobo! Eu quero um traje de bobo.

DUQUE SÊNIOR – Você o terá.

JAQUES – É meu único desejo, desde que você retire de seus julgamentos a opinião que lá cresce como erva daninha: a de que eu sou sábio. Eu devo ter liberdade, tão ampla quanto a do vento, para soprar em quem eu quiser, como os bobos. E aqueles que mais forem provocados com minha loucura deverão rir mais que todos. E por que, senhor, deverão? O porquê é tão conhecido como o caminho para a igreja: aquele que um bobo sabiamente acertar, embora ferido, faz uma grande tolice ao não se fingir insensível ao golpe. Se não acertar, a tolice do sábio será escancarada pelas flechas aleatórias do bobo. Dê-me meu traje de bobo; dê-me liberdade para falar o que penso e limparei o corpo sujo deste mundo infectado, se aceitarem, pacientes, meu remédio.

DUQUE SÊNIOR – Que vergonha! Eu sei exatamente o que você faria.

JAQUES – O que faria eu senão o bem?

DUQUE SÊNIOR – Os mais nocivos e hediondos pecados. Pois você mesmo foi um libertino, tão sensual quanto o selvagem instinto; e todas as suas dores adquiridas e seus males cultivados em sua vida desregrada seriam vomitados por você, no mundo todo.

JAQUES – Ora, se eu critico toda forma de orgulho, como alguém pode dizer que eu estou acusando alguém em particular? Não estamos falando de algo tão vasto como o mar, que continua fluindo até que toda a riqueza do mundo seja gasta por aqueles que a ostentam? A que mulher me refiro quando eu digo que a mulher da cidade carrega joias de princesa em ombros que não as merecem? Quem pode me dizer que me refiro a uma, quando outra, igual a ela, é sua vizinha? Quando algum burguês alega que suas roupas extravagantes não são problema meu – pensando que eu falava dele – não está ele basicamente admitindo que a carapuça serviu? E então? E sobre isso? Deixe-me ver onde minha língua o difamou. Se a acusação for justa, então ele se difamou. E se ele for livre, minhas críticas voarão como patos selvagens, sem ninguém lhes dando atenção. Mas quem vem lá?

(Entra Orlando.)

ORLANDO – Parados! E não comam nada!

JAQUES – Ora, eu ainda não comi nada!

ORLANDO – Não comerá até que minha necessidade seja satisfeita.

JAQUES – De onde surgiu esse galo de briga?

DUQUE SÊNIOR – É a miséria que o impele a fazer isso, homem? Ou o desdém às boas maneiras?

ORLANDO – Logo de início, você me reconhece. O penoso momento de miséria exposta me obrigou a perder a doce civilidade; ainda assim, cresci na corte e tive um pouco de educação. Mas parados, eu digo. Morrerá quem tocar em qualquer fruta até que meus próximos e eu estejamos satisfeitos.

JAQUES – Se a razão não lhe convencer, devo morrer.

DUQUE SÊNIOR – O que você quer? Para nós, a força da gentileza é mais imperiosa do que a própria força.

ORLANDO – Estou morrendo de fome, deixe-me comer.

DUQUE SÊNIOR – Sente-se e coma, e seja bem-vindo à nossa mesa.

ORLANDO – Fala tão gentilmente? Perdoem-me, eu peço. Pensei que tudo fosse selvagem por aqui. E por isso pensei que poderia me dar o direito de ditar as ordens. Mas, quem quer que sejam, que aqui neste deserto inacessível, sentados sob a sombra destes melancólicos galhos, perdem a noção do tempo – se já conheceram dias melhores, se já estiveram onde os sinos dobram nas igrejas, se já sentaram a um banquete de qualquer bom homem, se já deixaram uma lágrima cair de suas pálpebras e sabem o que é ter ou despertar piedade – deixem que a gentileza seja minha força; e, com tal desejo, eu me envergonho e guardo minha espada.

DUQUE SÊNIOR – Melhores dias nós já vimos, é certo. E ouvimos os sinos sagrados dobrarem nas igrejas, sentamos em banquetes de bons homens e enxugamos os olhos das lágrimas que a sagrada piedade gerou; e, então, sente-se com gentileza e ordene por nossa ajuda, ao que sua necessidade será satisfeita.

ORLANDO – Então, por uns instantes, abstenham-se de sua comida, enquanto, como uma corça, eu encontrarei minha cria e a alimentarei. Há um pobre velho senhor, que, por pura afeição, me seguiu exausto, acossado por dois demônios: a fome e a velhice. E até que ele esteja satisfeito, eu não tocarei em nada.

DUQUE SÊNIOR – Traga-o, e não tocaremos em nada até seu retorno.

ORLANDO – Eu os agradeço, e sejam abençoados por sua gentileza.

(*Sai.*)

DUQUE SÊNIOR – Você viu que não somos os únicos infelizes. O grande teatro universal apresenta mais infelizes cenários do que a cena que representamos.

JAQUES – O mundo inteiro é um palco, e todos, homens e mulheres, atores e nada mais: eles têm suas entradas e saídas, e um homem, em seu tempo, interpreta muitos papéis, sete atos, sete idades. A primeira, o infante, choramingando e regurgitando nos braços da ama; em seguida, o queixoso estudante, com sua mochila e o rosto matinal, rasteja como uma cobra, a contragosto, a caminho da escola; e então, o amante, desejando como uma fornalha, com uma triste canção inspirada nas sobrancelhas de sua amada; depois o soldado, cheio de estranhos juramentos e barbado como um leopardo, raivoso em questões de honra, impetuoso em brigas, procurando frágil reputação até mesmo na boca do canhão; vem, então, o magistrado, com sua gorda barriga cheia de carnes de faisão, com olhos severos e barba bem aparada, cheio de preceitos e frases feitas; e, assim, ele interpreta seu papel. No sexto ato, troca o figurino pelos chinelos de pantaleão, óculos no nariz e uma bolsa ao lado, as calças de sua juventude, tão bem guardadas, um mundo vasto para suas já mirradas pernas; e sua grave e masculina voz voltando novamente ao timbre agudo e infantil, chia e sopra. A última cena de todas, remate desta história aventurosa, é uma segunda infância: é mero esquecimento, sem dentes, sem olhos, sem gosto, sem nada.

(*Entra Orlando carregando Adão.*)

DUQUE SÊNIOR – Seja bem-vindo. Ponha seu respeitável fardo no chão e deixe-o comer.

ORLANDO – Agradeço imensamente por ele.

ADÃO – É preciso, eu mal consigo falar e agradecer por mim mesmo.

DUQUE SÊNIOR – Bem-vindo e coma à vontade. Não o perturbarei nem o questionarei sobre suas venturas. Por enquanto: música! E, bom primo, cante!

AMIENS (*canta*) –
Sopra, sopra, vento frio,
pois não causas calafrio,
    como a humana ingratidão.
Sua mordida tão mordaz
nesses tempos invernais
    não esfriam nosso verão.

Cantemos os rios, a várzea florida
o amor é loucura, a amizade querida
a várzea florida, nada há como a vida.

Gela, gela, céu cruel
tua mortalha é como um véu
    que acalenta nossa afeição.

Sopra, sopra, vento frio,
mas não causas arrepio
    nas grutas do coração.

DUQUE SÊNIOR – Se você for o filho do honesto Sir Rolando, como me sussurrou com lealdade e como os meus olhos testemunham em suas feições, seja muito bem-vindo aqui. Eu sou o Duque que amava seu pai. Vamos à minha gruta para que conte todo o resto de sua aventura. Bom velho, você é tão bem-vindo quanto o seu senhor. (*a Orlando*) Dê-me sua mão e deixe-me saber de toda sua história.

Fim do 2º ato

Ato III

Cena 1

Um quarto no palácio.

(*Entram Duque Frederico, nobres e Olivério.*)

DUQUE FREDERICO – Não o viu depois? Senhor, não posso acreditar! Se a compaixão não fosse justamente a minha melhor parte, eu buscaria uma razão para a minha vingança, mesmo tendo você aqui na minha frente. Mas cuidado! Ache seu irmão onde for que ele esteja. Procure-o com vela; traga-o vivo ou morto ou nunca mais procure abrigo em nosso território. Sua terra, e tudo o que chama de seu, e que valha a pena ser confiscado, pegaremos em nossas mãos até que seu irmão prove, pela própria boca, que o que temos contra você não passa de uma suspeita infundada.

OLIVÉRIO – Ah, se Vossa Alteza conhecesse meus sentimentos! Eu nunca amei o meu irmão em toda a minha vida!

DUQUE FREDERICO – Então isso faz de você um vilão ainda maior! Ponham-no para fora! E que os meus oficiais responsáveis embarguem sua casa e suas terras. Façam isso imediatamente e ponham-no logo para fora!

Cena 2

Na Floresta de Ardenas.

(Entra Orlando, segurando um papel.)

ORLANDO – Verso meu, fique aí em testemunho ao meu amor. E você, rainha da noite, pálida esfera altamente coroada, acompanhe com seus olhos inocentes o nome da sua caçadora que domina minha vida. Oh, Rosalinda! Estas árvores serão meus livros, e em seus troncos gravarei meus pensamentos. Que cada olhar que passe por esta floresta possa testemunhar sua virtude em todo lugar. Corra, Orlando, corra; entalhe em cada árvore a bela, a pura, a inexplicável Rosalinda.

(Sai.)

(Entram Corino e Toque.)

CORINO – E o que tem achado da vida de pastor, Mestre Toque?

TOQUE – Francamente, pastor, considerada em si mesma, é uma boa vida; mas, considerando que é uma vida de pastor, não vale nada. Considerando que é uma vida solitária, eu gosto bastante; mas considerando que é vida isolada, é detestável. Agora, considerando que é vida no campo, me dá muito prazer; mas considerando que não é na corte, é extremamente tediosa. Sendo uma vida frugal, veja você, serve bem ao meu humor; mas, como carece de abundância, não agrada o meu estômago. E em você, tem alguma filosofia, pastor?

CORINO – O suficiente para saber que quanto mais se fica doente, mais mal se sente; e que o sujeito que não tem dinheiro, meios, nem disposição está sem três bons amigos; que a condição da chuva é molhar e a do fogo, queimar; que o bom pasto faz a ovelha engordar; que uma importante causa da noite é a falta de sol; que aquele que não tem engenho e não aprendeu nem pela natureza, nem pela arte pode reclamar da sua boa educação ou vem de uma família bem estúpida.

TOQUE – Mas uma pessoa assim é filósofo natural! Já esteve na corte, pastor?

CORINO – Sinceramente, não.

TOQUE – Então está condenado ao fogo do inferno.

CORINO – Deus me livre, eu espero.

TOQUE – Verdade. Está condenado ao fogo, igualzinho ovo mal cozido, todo queimado de um lado só.

CORINO – Por nunca ter ido à corte? Por quais razões?

TOQUE – Ora, se nunca esteve na corte, nunca entrou em contato com as boas maneiras; se nunca entrou em contato com boas maneiras, suas maneiras devem ser ruins; e ruindade é pecado, e pecado é condenação. Você está numa situação perigosa, pastor.

CORINO – De jeito nenhum, Toque: as boas maneiras na corte são tão ridículas no campo quanto o comportamento no campo é digno de piada na corte. Você me disse que na corte não se cumprimentam os outros com mesura, mas se beijam nas mãos. Cortesia pouco asseada se os cortesãos fossem pastores.

TOQUE – Prove rapidamente. Vamos, prove.

CORINO – Ora, estamos sempre cuidando de nossas ovelhas, cujo pelo, como você bem sabe, é gorduroso.

TOQUE – Ué!? Por acaso a mão do cortesão não sua? E não é a gordura do carneiro tão saudável quanto o suor de um homem? Fraca, muito fraca. Uma prova melhor, eu digo. Vamos.

CORINO – Além disso, temos as mãos ásperas.

TOQUE – Desse modo seus lábios as sentirão mais rapidamente. Fraca novamente: uma prova mais substanciosa. Vamos.

CORINO – E elas costumam ficar alcatroadas com as cirurgias que fazemos em nossas ovelhas, e por acaso você quer que beijemos alcatrão? As mãos dos cortesãos são perfumadas com almíscar.

TOQUE – Mas que homem simplório. Sem dúvida, não passa de comida de vermes se colocarmos você do lado de uma bela posta de carne. Aprenda com o sabe-tudo e reflita: o almíscar é de origem muito mais baixa que o alcatrão – o corrimento nojento de um gato selvagem. Melhore o argumento, pastor.

CORINO – Você tem o espírito muito cortesão para o meu gosto. Vou descansar.

TOQUE – Quer continuar condenado? Deus te ajude, homem simplório. Que Deus te abra a cabeça. Você está cru.

CORINO – Senhor, sou um trabalhador autêntico: faço por merecer o que como e o que visto; não guardo rancor de ninguém, não invejo a felicidade de ninguém, fico feliz com o bem dos outros e me conformo com o que me acontece de ruim;

meu maior orgulho é ver minhas ovelhas pastando e os cordeirinhos mamando.

TOQUE – Mais um pecado simplório: juntar ovelhas e carneiros e se oferecer para ganhar o sustento pela cópula do gado: servir de caftina para a madrinha do rebanho; e entregar uma pobre ovelhinha de apenas um ano oferecendo-a a um carneiro de pernas tortas, velho e cornudo, contra todas as regras da união dos sexos. Se não for condenado ao inferno por isso, é porque o inferno não tem mais vaga para pastores; não vejo como você pode escapar.

CORINO – Aí vem o jovem mestre Ganimedes, o irmão da minha nova ama!

(*Entra Rosalinda, lendo um papel.*)

ROSALINDA –
"Daqui até onde o mundo finda,
Nenhuma joia é tão preciosa quanto Rosalinda.
Seu valor é carregado pelo ar,
Que sopra seu nome em todo lugar.
Até a pintura mais linda
É um borrão se comparada a Rosalinda.
Esqueça toda a beleza advinda
De outra face que não a de Rosalinda."

TOQUE – Poderia rimá-la desse jeito por oito anos completos, excluindo, é claro, as horas do almoçar, do jantar e do dormir. Tal qual a mesma ladainha do vendedor de pamonha.*

---

* No original, "trote da mulher que vende manteiga", adaptamos para um conhecido paralelo na tradição paulista.

ROSALINDA – Fora, bobo!

TOQUE* – Só para dar um gostinho:
(*declama*)
Se um touro quer uma vaca cobrir
Diga que Rosalinda deve servir.
Uma gata no cio quer fazer neném
Isso Rosalinda fará também.
Um casaco precisa de recheio
Como Rosalinda, que não tem nada no meio.
Se numa colheita frutos podres são separados
Então, Rosalinda, vá para o outro lado.
A noz mais saborosa tem a casca ruim,
Rosalinda é assim.
Aquele que achar a rosa mais linda
Será espetado por ela e por Rosalinda.
É esse exatamente o falso galope dos versos, por que se infectar com eles?

ROSALINDA – Calma aí, seu bobo estúpido! Eu os achei numa árvore.

TOQUE – Verdadeiramente essa árvore dá maus frutos!

ROSALINDA – Dê tempo ao tempo, bobo. Desse jeito, se eu te enxertar numa árvore, os frutos vão apodrecer antes mesmo que amadureçam.

---

* Shakespeare, no original, rima sempre a última palavra das estrofes ímpares com Rosalinda, que é a última palavra das estrofes pares, como maneira de parodiar os poemas escritos por Orlando. A tradução optou, já que existe uma carência de palavras que rimam com Rosalinda em português, por elaborar outras rimas.

TOQUE – Falou. Se é assim, se meu enxerto não presta, eu entrego meu futuro de vegetal ao discernimento da floresta.

(*Entra Célia, lendo um papel.*)

ROSALINDA – Silêncio! Aí vem minha irmã lendo: não se metam!

CÉLIA (*lê*)* –
"Por que este lugar deveria ser um deserto?
Só porque não há pessoas nele? Não;
Eu colocarei estes poemas em cada árvore
e ele terá tantas vozes quanto são os pensamentos
    em uma cidade.
Alguns serão sobre como o homem
gasta sua curta vida a errar,
ela inteira contida na palma de sua mão.
Alguns poemas serão
sobre traições entre amigos.
Mas nos galhos mais bonitos,
ou no final de cada sentença,
vou escrever Rosalinda,
para ensinar a todos que possam ler
que a essência da vida
    está contida nesta mulher.
O céu mandou a natureza
que dotasse seu corpo
    com todos os encantos femininos.
A natureza pegou
a bela face de Helena,
mas não seu coração caprichoso;

---

* A tradução optou, no poema, por manter a divisão das frases proposta pelo original, mas não a rima.

A majestade de Cleópatra,
o melhor de Atalanta
e a humildade da infeliz Lucrécia.
E assim, por decreto celestial,
Rosalinda foi feita.
De diferentes rostos, olhos e corações,
para que ela tivesse de tudo, o melhor.
O céu quis que esses dons ela possuísse
e que eu, vivo ou morto, a servisse."

ROSALINDA – Oh, gentil pregador! Com que tedioso sermão de amor você cansou seus paroquianos e, mesmo assim, nunca teve de gritar: "Tenham paciência, boa gente!".

CÉLIA – Ora, ora! Estavam aí, amigos? Pastor, vai dar uma voltinha! E você, meu chapa, vá com ele!

TOQUE – Vamos, pastor, façamos uma retirada honrosa. Se nos faltam armas e bagagem temos ao menos talento para a vagabundagem.

(*Saem Toque e Corino.*)

CÉLIA – Você escutou esses versos?

ROSALINDA – Ah, sim, eu escutei todos, e mais: alguns versos tinham mais palavras do que poderiam suportar.*

---

* Aqui o termo "feet" (pés) que se refere ao andar dos versos, indicando seu ritmo, seu andamento, próprio à poesia, foi substituído por "palavras". A tradução ao pé da letra seria: "Ah, sim, eu escutei todos, e mais: alguns versos tinham mais pés do que eles próprios poderiam suportar".

CÉLIA – Isso não importa, já que tais palavras fazem valer os versos.

ROSALINDA – Mas as palavras estavam mancas e não conseguiriam se sustentar sem os versos, por isso pairavam coxas dentro deles.

CÉLIA – Ao escutar esses versos, não se perguntou por que o seu nome pende das árvores e se encontra gravado em seus troncos?

ROSALINDA – Destes nove dias, sete eu passei justamente me perguntando isso, antes que você aparecesse, pois veja o que eu encontrei numa palmeira. Eu nunca fui tão rimada desde a época de Pitágoras, quando eu era uma "Hipotemusa" e da qual eu mal consigo me lembrar.*

CÉLIA – Você tem ideia de quem fez tudo isso?

ROSALINDA – Será que é homem?

CÉLIA – E com uma corrente, que você um dia usou, no pescoço. Ué? Ficou vermelha?

ROSALINDA – Por obséquio! Quem é ele?

CÉLIA – Oh, Senhor! Como é difícil fazer as pessoas se encontrarem... Mas até montanhas podem ser removidas por terremotos e assim se aproximarem!

ROSALINDA – Mas quem é ele?

---

* No original, "não era tão rimada assim desde a época de Pitágoras, quando eu era um rato irlandês".

CÉLIA – Será possível?!

ROSALINDA – Imploro a você com a mais educada veemência: me diga quem é!

CÉLIA – Oh! Mas isto é maravilhoso, maravilhoso e muito maravilhosamente maravilhoso! E mais uma vez maravilhoso, acima de qualquer exclamação!

ROSALINDA – Deus meu! Você acha que, só por estar vestida como um homem, eu sou um homem? Um segundo a mais de demora será como uma longa viagem de descobrimento pelos Mares do Sul. Imploro de novo, me diga quem é logo, e fale rapidamente. Eu queria que pudesse gaguejar, para que despejasse pela sua boca o nome desse homem oculto, assim como sai o vinho de uma garrafa de gargalo estreito: tudo de uma vez, ou absolutamente nada. Eu lhe peço que tire logo essa rolha da boca para que eu possa beber as novidades.

CÉLIA – Desse jeito parece que quer engolir esse homem.

ROSALINDA – Foi Deus que o fez? Que tipo de homem é ele? Sua cabeça é digna de chapéu, e seu queixo, de barba?

CÉLIA – Não, possui apenas uma pequena barbichinha.

ROSALINDA – Bem, Deus certamente lhe mandará mais, se o homem for agradecido. Mas que sua barba não cresça até que você me diga de quem é o queixo.

CÉLIA – É do jovem Orlando, que arrasou o lutador e o seu coração no mesmo instante.

ROSALINDA – Vá ao diabo com sua brincadeira. Fale séria e honestamente.

CÉLIA – Eu juro, priminha. É ele.

ROSALINDA – Orlando?

CÉLIA – Orlando.

ROSALINDA – Meu Deus! O que vou fazer com meus trajes de homem? O que ele fez quando você o viu? O que ele disse? Como pareceu? Para onde ele foi? Por que veio para cá? Ele perguntou sobre mim? Onde está agora? Como ele se despediu? Quando você o verá novamente? Responda numa só palavra.

CÉLIA – Então primeiro me empreste a boca de Gargântua: é uma palavra muito grande para as bocas de hoje em dia. Responder sim ou não para essas perguntas é mais do que responder às questões no catecismo.

ROSALINDA – Mas ele sabe que eu estou nesta floresta e vestida como homem? Ele parece tão encantador como no dia da luta?

CÉLIA – Responder às perguntas dos amantes é tão fácil quanto contar grãos de poeira. Mas sinta o gostinho de como eu o encontrei e saboreie prestando atenção: eu me deparei com ele embaixo de uma árvore como uma avelã caída.

ROSALINDA – Essa árvore bem poderia ser chamada de árvore divina, por deixar cair frutos tão maravilhosos.

CÉLIA – Deixe-me falar, caríssima senhora!

ROSALINDA – Continue.

CÉLIA – Ali estava ele, esparramado, como um cavaleiro ferido.

ROSALINDA – Embora tal cena seja digna de pena, deveria se enquadrar perfeitamente na paisagem.

CÉLIA – Grite "eia" para a sua língua eu imploro, pois ela serpenteia fora de hora. Ele estava vestido como um caçador.

ROSALINDA – Mas que mau agouro! Veio para matar meu coração!

CÉLIA – Eu gostaria de cantar minha canção sem acompanhamento. Você está fazendo com que eu desafine.

ROSALINDA – Por acaso esqueceu que sou uma mulher? Seja lá o que for que eu pense, tenho de falar. Querida, continue.

CÉLIA – Me fez perder o fio da meada. Quieta! Não é ele que se aproxima?

(*Entram Jaques e Orlando.*)

ROSALINDA – É ele! Vamos nos esconder e observar.

JAQUES – Agradeço sua companhia, mas, sinceramente, eu teria preferido ficar sozinho.

ORLANDO – Eu também teria, mas, ainda assim, de acordo com as boas maneiras, agradeço igualmente pela sua companhia.

JAQUES – Adeus. Vamos nos encontrar o mínimo possível.

ORLANDO – Eu espero que possamos nos tornar melhores estranhos.

JAQUES – Por favor, não estrague mais árvores entalhando poemas de amor em seus troncos.

ORLANDO – Por favor, não estrague mais de meus poemas lendo-os de maneira tão ruim.

JAQUES – O nome de seu amor é Rosalinda?

ORLANDO – Isso, exatamente.

JAQUES – Eu não gosto desse nome.

ORLANDO – Ninguém pensou em lhe agradar quando ela foi batizada.

JAQUES – Qual é a altura dela?

ORLANDO – Ela bate aqui no meu coração.

JAQUES – Está cheio de respostas espirituosas. Onde foi que as encontrou? Não me diga que foi nos para-choques das carruagens?*

---

* No original, o texto indica que as respostas teriam sido memorizadas dos anéis das mulheres dos ourives. Nessa época (a peça foi escrita entre 1597 e 1600), muitos dos anéis de ouro traziam inscrições de poemas de amor bastante conhecidos, clichês, triviais. Eram frases prontas e de conhecimento popular, assim como as que encontramos hoje nos para-choques dos caminhões.

ORLANDO – Não, mas poderei responder de acordo com a "filosofia das tabernas", de onde parece que você tirou todas as suas perguntas.

JAQUES – Tem um espírito sagaz. Deve ter sido feito dos calcanhares de Hermes. Por que não se senta comigo? Nós dois poderemos reclamar da nossa amante – o mundo – e de todas nossas misérias.

ORLANDO – Eu não culparei ninguém neste mundo a não ser eu mesmo, em quem reconheço a maioria dos defeitos.

JAQUES – Seu pior defeito é estar apaixonado.

ORLANDO – Bem, é um defeito que eu não trocaria pela sua melhor virtude. Estou cansado de você.

JAQUES – Bem, eu estava procurando por um bobo quando encontrei você.

ORLANDO – Ele se afogou no riacho. Olhe lá dentro e o verá.

JAQUES – Lá eu verei somente minha própria imagem.

ORLANDO – Que para mim não passa de um bobo ou um zero à esquerda.

JAQUES – Não perderei mais o meu tempo com você. Adeus, meu bom "Signior Amore".

ORLANDO – Fico feliz em ver você ir. Adeus, meu bom "Monsieur Mélancolie".

(*Sai Jaques.*)

ROSALINDA (*à parte para Célia*) – Vou falar com ele como um lacaio insolente, desse modo posso lhe pregar uma peça. (*a Orlando*) Pode me ouvir, forasteiro?

ORLANDO – Muito bem. O que você quer?

ROSALINDA (*como Ganimedes*) – Por favor, você sabe que horas são?

ORLANDO – Como posso responder? Não há relógios na floresta.

ROSALINDA – Então não há um verdadeiro enamorado na floresta, pois ele marca cada minuto com um suspiro e cada hora com um gemido, detectando os passos lentos do tempo tão bem quanto um relógio.

ORLANDO – Por que não passos rápidos do tempo? Não teria sido mais apropriado?

ROSALINDA – De jeito nenhum, senhor. Para cada pessoa, o tempo caminha de maneira diferente. Posso dizer para quem o tempo anda a passo lento, para quem o tempo trota, para quem o tempo galopa e para quem o tempo não anda.

ORLANDO – Muito bem. Para quem ele trota?

ROSALINDA – Bem, ele trota para uma jovem donzela entre o dia em que ficou noiva e o dia em que o casamento é consumado. Se nesse meio-tempo não passaram mais do que sete noites, a marcha do tempo é tão dura que faz parecer que se passaram sete anos.

ORLANDO – Para quem ele caminha a passos lentos?

ROSALINDA – Para um padre que não sabe latim ou para um homem rico que não sofre de gota. Pois o primeiro dorme tranquilamente por não ter como estudar, e o segundo vive feliz, pois não sente dor alguma. Um não sente o fardo de estudos intensos e exaustivos, o outro não conhece o fardo da miséria dura e tediosa. O tempo caminha lentamente para ambos os homens.

ORLANDO – E para quem o tempo galopa?

ROSALINDA – Para um ladrão a caminho da forca, pois mesmo caminhando bem devagar, sempre acha que chegou cedo demais.

ORLANDO – E para quem o tempo não anda?

ROSALINDA – Para um político quando é eleito, pois nem bem sobe ao poder, dorme durante todo seu mandato, não percebendo a quantas nosso tempo caminha.*

ORLANDO – Onde você mora, belo jovem?

ROSALINDA – Com esta pastora, minha irmã, aqui nos extremos da floresta, como as rendas de uma anágua.

ORLANDO – Você nasceu aqui?

ROSALINDA – Assim como o coelho, que mora onde nasceu.

---

* Na frase, a crítica de Shakespeare é feita aos juízes e advogados. Adaptamos para políticos por acharmos o paralelo contemporâneo.

ORLANDO – Seu sotaque é um pouco mais elegante do que o que poderia adquirir num lugar tão remoto quanto este.

ROSALINDA – Muitos já me disseram isso. Na verdade, aprendi a falar com um velho tio religioso que, quando jovem, viveu na cidade. Ele conhecia muito bem os costumes da corte, pois foi lá que se apaixonou. Já o ouvi discorrer muitas vezes contra o amor e eu agradeço a Deus por não ter nascido mulher, para não ser alvo de todas as leviandades que ele atribuía a esse sexo.

ORLANDO – Você consegue lembrar os principais defeitos dos quais ele acusava as mulheres?

ROSALINDA – Nenhum era principal. Todos se assemelhavam, assim como moedas de mesmo valor. Cada defeito parecia monstruoso, até que outro aparecesse para se equiparar ao anterior.

ORLANDO – Por favor, conte-me alguns deles.

ROSALINDA – Não, só darei o meu remédio para aqueles que estiverem doentes. Existe um homem perambulando pela floresta que abusa de nossas jovens árvores entalhando "Rosalinda" em seus troncos, pendurando odes nos espinheiros e poemas nos arbustos, e todos sempre endeusando o nome de Rosalinda. Se conseguisse encontrar esse sonhador, eu lhe daria bons conselhos, pois ele parece estar doente de amor.

ORLANDO – Sou eu o homem que está doente. Por favor, me mostre a cura.

ROSALINDA – Mas você não tem nenhum dos sintomas que meu tio descreveu. Ele me ensinou como reconhecer um homem apaixonado e, pelo que parece, você não é prisioneiro do amor.

ORLANDO – Quais ele disse que eram os sintomas?

ROSALINDA – Bochechas pálidas, o que você não tem. Olhos fundos e com olheiras, o que você não tem. Temperamento irritadiço, o que você não tem. Barba descuidada, o que você não tem – mas isso não levarei em conta, pois a pouca barba que tem é herança de irmão mais novo. Além disso, suas meias deveriam estar soltas, seu chapéu caindo, suas mangas desabotoadas, seus sapatos desamarrados, e tudo em você mostraria uma desolação descuidada. Mas obviamente não é tal homem. Você, por outro lado, está bem-vestido e aprumado, mostrando que tem mais amor-próprio do que por outra pessoa.

ORLANDO – Jovem rapaz, eu gostaria de conseguir fazer você acreditar que estou apaixonado.

ROSALINDA – Me fazer acreditar? Isso daria na mesma que fazer a mulher que ama acreditar. O que eu garanto é que ela está mais apta a acreditar do que confessar que acreditou. Essa é uma das maneiras pelas quais as mulheres ainda enganam a própria consciência. Mas, fale a verdade, é você o homem que pendura os versos nas árvores nos quais Rosalinda é tão admirada?

ORLANDO – Eu juro a você, jovem, pelas belas mãos de Rosalinda, que eu sou este homem, este desventurado homem.

ROSALINDA – E você está tão apaixonado como dizem seus versos?

ORLANDO – Nenhum verso ou razão poderia expressar o quanto.

ROSALINDA – O amor não é mais do que uma loucura, e eu digo a você: os amantes merecem o manicômio e o chicote como qualquer louco, e a razão pela qual eles não são castigados e curados é que a doença é tão comum que dela também sofrem os chicoteadores. Mesmo assim, eu prometo curá-lo por meio de conselho.

ORLANDO – Já conseguiu curar alguém dessa maneira?

ROSALINDA – Sim, um homem, e foi assim que eu fiz. Ele teve de me imaginar como sua amada, sua senhora, e eu fiz com que ele me cortejasse todos os dias, quando eu, sendo o garoto inconstante que sou, me mostrava sofredor, efeminado, caprichoso, orgulhoso, fantasioso, ridículo, variável, superficial, ora cheio de lágrimas, ora cheio de sorrisos. Para toda paixão alguma coisa, mas para nenhuma paixão algo sincero, assim como são meninos e mulheres, que agem exatamente dessa maneira. Eu gostava dele num minuto e no outro o desprezava, entretinha e depois renegava, chorava por ele e depois cuspia em sua cara, de modo que fiz meu pretendente passar do humor louco do amor para o humor vivo da loucura. Isso fez com que ele renunciasse ao mundo e fosse viver uma vida monástica. Dessa maneira, eu o curei, e da mesma maneira lavarei seu fígado para que fique tão limpo quanto o coração de uma ovelha, sem uma mancha sequer de amor.

ORLANDO – Não quero então ser curado, garoto.

ROSALINDA – Eu curarei você, se me chamar de Rosalinda e for todos os dias até meu rancho me cortejar.

ORLANDO – Então, pela minha fé no amor, eu irei. Diga-me onde mora.

ROSALINDA – Venha, mostrarei e, durante o caminho, você me conta onde mora nesta floresta. Você vem?

ORLANDO – Com todo meu coração, jovem rapaz.

ROSALINDA – Não! Você tem de me chamar de Rosalinda. (*a Célia*) Irmã, você vem conosco?

Cena 3

Outra parte da Floresta.

(*Entram Toque e Audrey. Jaques, a distância, os observa.*)

TOQUE – Venha rápido, minha boa Audrey. Eu recolherei suas cabras, Audrey. E agora, Audrey? Ainda sou o seu homem? Minhas formas simples te agradam?

AUDREY – Sua formas? Que Deus lhe guarde! Que formas?!

TOQUE – Aqui estou eu com você e suas cabras, assim como o mais libidinoso dos poetas, o honesto Ovídio, estava entre os godos.

JAQUES (*à parte*) – Oh, que saber mal alojado! Pior que Zeus em um cortiço.

TOQUE – Quando os versos de um homem não podem ser compreendidos, nem o seu bom espírito secundado pela criança precoce que se chama entendimento é coisa que deixa um homem mais indignado que uma conta gigante a ser paga por um quartinho minúsculo. Em verdade, eu gostaria que os deuses tivessem te feito poética.

AUDREY – Eu não sei o que é ser poética: é ser honesta em atos e palavras? É uma coisa verdadeira?

TOQUE – Na verdade, não, pois a poesia mais verdadeira é a mais fingida; e os amantes são dados à poesia; as juras que fazem na poesia pode-se dizer que, como amantes, eles inventaram.

AUDREY – Então você realmente deseja que os deuses me tivessem feito poética?

TOQUE – Desejo, sim, pois você jurou a mim que é honesta. E, sendo uma poetisa, poderia ter a esperança de que você estivesse mentindo.

AUDREY – E não quer que eu seja honesta?

TOQUE – Na verdade, não, a não ser, é claro, que fosse feia, já que honestidade e beleza juntas são como mel servindo de molho para o açúcar.

JAQUES (*à parte*) – Mas que senso prático o desse bobo!

AUDREY – Bem, eu não sou bonita, por isso rezo aos deuses que me façam honesta.

TOQUE – Certamente desperdiçar honestidade numa promíscua horrorosa é o mesmo que servir um bom pedaço de carne num prato sujo.

AUDREY – Eu não sou promíscua, no entanto, agradeço aos deuses por ser horrorosa.

TOQUE – Louvados sejam os deuses por sua feiura. A promiscuidade pode vir depois. Mas, seja como for, eu me casarei com você. Para esse propósito estive com o Sir Olivério Sujatexto Bíblico, o vigário da cidade vizinha, que prometeu encontrar-me neste exato local da floresta para nos unir.

JAQUES (*à parte*) – Adoraria ver esse encontro!

AUDREY – Que os deuses nos deem felicidade!

TOQUE – Amém. Um homem poderia, se fosse de um coração medroso, vacilar nesta tentativa, pois aqui não há templos a não ser as árvores, não há testemunhas a não ser os animais chifrudos. Mas e daí? Coragem! Assim como os chifres são odiosos, são também necessários. Costuma-se dizer que quanto mais um homem não enxerga onde terminam suas virtudes, isto é certo, mais o homem tem virtuosos chifres que não sabe onde terminam. Bem, este é o dote trazido pela mulher, não se consegue por mérito próprio. Chifres? Um privilégio restrito somente aos coitados dos homens? Nada disso, o mais nobre dos cervos os têm tão grandes quanto o mais desonesto. Então o homem solteiro é, desse modo, abençoado? Não, assim como uma cidade murada é mais valiosa que uma vila, também a testa de um homem casado é mais honrada que a cabeça vazia de um solteirão. E, da mesma maneira que muita proteção é melhor que nenhuma habilidade, um chifre é muito mais precioso que não tê-lo. Aí vem Sir Olivério!

(*Entra Sir Olivério Sujatexto Bíblico.*)

TOQUE – Seja muito bem-vindo, Sir Olivério Sujatexto Bíblico! Você resolverá o nosso negócio aqui mesmo embaixo desta árvore ou devemos ir com você para sua capela?

SUJATEXTO BÍBLICO – Não há ninguém aqui para apresentar a noiva?

TOQUE – Não quero recebê-la como presente de homem algum.

SUJATEXTO – Mas ela deve ser apresentada, senão o casamento não será válido.

JAQUES (*aparecendo*) – Prossiga, prossiga! Eu apresentarei a noiva.

TOQUE – Boa tarde, bom mestre Sei Lá Como Se Chama, como vai o senhor? Você é muitíssimo bem-vindo, que Deus o abençoe pela sua presença. Estou muito feliz em te ver, mesmo sabendo que já estou com a mão na massa. Não, por favor, cubra-se!

JAQUES – Quer mesmo casar, bobo?

TOQUE – Assim como o boi tem sua carga, senhor, o cavalo, seu freio, e o cachorro, sua coleira, também tem um homem seus desejos. Assim como os pombos se acariciam com o bico, também os noivos devem se mordiscar.

JAQUES – E você, um homem com a sua criação, deseja mesmo ser casado por este tratante? Vá à igreja e arranje um bom padre que possa lhe ensinar o que é o casamento: este sujeito vai juntar-vos como se juntam tábuas de forro; com o tempo, um de vós resseca e empena como madeira verde.

TOQUE (*à parte*) – Não me sai da cabeça que seria melhor que o casamento fosse feito por este aqui mesmo, pois é muito provável que ele não nos case bem. E, não estando bem casado, será uma boa desculpa para que, depois de um tempo, eu descarte minha mulher.

JAQUES – Venha comigo e deixe-me lhe dar uns conselhos.

TOQUE – Venha, doce Audrey. Temos de nos casar ou viver uma vida indecente. Adeus, bom mestre Olivério Sujatexto Bíblico!

Ó, doce Olivério
Ó, valente Olivério
Não me deixe para trás;
Mas...
Chispa daqui
Vá embora, eu digo
Pois não me casarei contigo!

(Saem Jaques, Toque e Audrey.)

SUJATEXTO – Isso não me importa. Não será nenhum destes tratantes dementes que me desviará da minha verdadeira vocação.

Cena 4

Outra parte da Floresta. Em frente a um rancho.

(Entram Rosalinda e Célia.)

ROSALINDA – Não fale mais comigo; vou chorar.

CÉLIA – Então chora, eu peço; mas tenha a dignidade de saber que lágrimas não caem bem aos homens.

ROSALINDA – Mas eu não tenho razão em chorar?

CÉLIA – Uma razão tão boa quanto poderia desejar; portanto, chore.

ROSALINDA – Seus cabelos são da cor da traição.

CÉLIA – Um pouco mais castanhos do que os de Judas. Deus meu! Seus beijos são tão traiçoeiros quanto os dele.

ROSALINDA – Mas, em verdade, seus cabelos têm uma cor bonita.

CÉLIA – Uma cor excelente aquele castanho.

ROSALINDA – E seus beijos são tão cheios de santidade como o toque de uma hóstia.

CÉLIA – Ele deve ter comprado um par dos lábios castos de Diana. Os beijos de uma freira não seriam mais religiosos. O verdadeiro gelo da castidade está dentro deles.

ROSALINDA – Mas por que ele jurou que viria esta manhã e não veio?

CÉLIA – É, realmente, ele não é sincero.

ROSALINDA – Você acha mesmo?

CÉLIA – Sim. Eu não acho que ele seja um batedor de carteiras ou um ladrão de cavalos. Mas quanto à sua sinceridade no amor, ele é tão oco quanto um copo vazio ou um pastel de vento.

ROSALINDA – Não é sincero em seu amor?

CÉLIA – Sim, quando está amando. Mas acho que ele não está.

ROSALINDA – Você com certeza o viu jurar que estava!

CÉLIA – Estava não é estar. Além disso, as promessa de um amante são tão sem valor quanto as palavras de um agiota quando garante não cobrar a dívida: ambos juram pelas suas mentiras. Ele está aqui na floresta com seu pai, o Duque.

ROSALINDA – Eu encontrei o Duque ontem, e tive uma longa conversa com ele. Ele me perguntou de que família eu era, e eu lhe respondi que de uma tão boa quanto a dele, então ele riu e deixou-me ir. Mas por que falar dos pais quando existe um homem como Orlando?

CÉLIA – Ah! É um homem valente! Escreve versos valentes, fala palavras valentes, faz promessas valentes e valentemente as quebra, atravessando o coração de sua amada, como um cavaleiro inexperiente, que esporeia o cavalo só de um lado e quebra a lança como um nobre pato. Mas tudo o que a juventude faz acaba sendo corajoso e guiado pela loucura. Quem vem lá?

(*Entra Corino.*)

CORINO – Senhor e senhora. Vocês sempre me perguntam sobre aquele pastor que reclamava do amor, aquele que viram sentado comigo na grama, que reclamava da pastora desdenhosa pela qual estava apaixonado.

CÉLIA – Sim, e o que tem ele?

CORINO – Se quiserem ver uma cena verdadeira entre a palidez do amor sincero e o rubor do escárnio de um orgulhoso desdém, venham por este curto caminho, e eu os conduzirei para que testemunhem tal fato.

ROSALINDA (*falando somente para Célia*) – Vamos logo! A visão de amantes fomenta quem está apaixonado! (*para Corino*) Leve-nos depressa e provarei ser um ator bem competente nesta peça.

Cena 5

Outra parte da Floresta.

(Entram Sílvio e Febe.)

SÍLVIO – Doce Febe, não me despreze, por favor, não. Você pode dizer que não me ama, mas diga sem crueldade. Mesmo o carrasco, cujo coração endureceu, acostumado que está com a visão da morte, mesmo ele pede perdão antes de lançar seu machado sobre um nobre pescoço. Será você mais implacável do que aquele que vive e morre pelo sangue derramado?

(Entram Célia, Rosalinda e Corino, e mantêm distância.)

FEBE – Não quero ser o seu carrasco, eu fujo de você justamente para não te machucar. Você me diz que tenho a morte no olhar. Com certeza, lógico, claro, mas será que os olhos – que, sendo as coisas mais frágeis e delicadas, fecham suas medrosas portas mediante qualquer poeirinha – possam ser chamados de tiranos, açougueiros, assassinos?! Agora, sim, do fundo do coração, eu te olho com reprovação! E se os meus olhos realmente podem machucar, que eles te matem! Agora simule um desmaio, vamos! Caia no chão agora! Pois se você não conseguir fazer isso, que vergonha! Que vergonha. Nunca mais minta dizendo que meus olhos são assassinos. Agora me mostre a ferida que meus olhos fizeram em você. Se um simples alfinete te pica, mesmo assim ficará ao menos uma marquinha; se encostar num cacto, a sua mão carregará por algum tempo a cicatriz e a marca do contato; mas os meus olhos, que em você atiram flechas, não te machucam! Aliás, tenho certeza, não existe força nos olhos capaz de machucar.

SÍLVIO – Oh, querida Febe! Se algum dia – que esse dia fosse hoje – um lindo rosto despertar em você o poder da imaginação, daí, sim, você sentirá as feridas invisíveis que as flechas agudas do amor causam.

FEBE – Bem, mas até que chegue essa hora não chegue perto de mim. E quando essa hora chegar, irrite-me com suas zombarias e não tenha pena de mim, pois até chegar essa hora eu não terei pena de você.

(*Rosalinda avança.*)

ROSALINDA – E por que isso?, eu lhe pergunto. Quem terá sido sua mãe para que você insulte entusiasmada, e de uma vez só, este pobre infeliz? Mesmo não tendo beleza alguma – por minha fé, para deitar com você só de luz apagada – por que se mostra orgulhosa e impiedosa? Ora, o que passa pela sua cabeça? Por que me olha deste jeito? Não vejo em você nada além do que encontro nos produtos ordinários da natureza. Deus me acuda! Parece que ela está tentando enfeitiçar os meus olhos também! Bem, garanto a você, senhorita orgulhosa, não espere conseguir isso. Pois não serão nem sua sobrancelha bem delineada, nem seus cabelos pretos e sedosos, nem seus olhos brilhantes, nem suas bochechas brancas como leite que poderão domar meu espírito para que adore você. Mas que pastor boboca, por que você a segue tão atormentado, tal qual as brumas do sul, cheias de ventos e chuvas? Você, como homem, é mil vezes mais bonito do que ela, como mulher. São os idiotas como você que enchem o mundo de gente feia. Não é o espelho, mas é você que a elogia. E por sua causa ela se vê muito mais bonita do que a mostram seus traços naturais. Senhorita, se enxergue! Coloque-se de joelhos e agradeça aos céus, jejuando, pelo amor que este bom homem lhe tem. Pois eu lhe digo amigavelmente ao pé do ouvido: aproveite e venda-se logo, pois você é mercadoria que tem pouca saída. Peça perdão ao rapaz, ame-o, aceite sua oferta. A feia fica horrorosa quando é desdenhosa. (*a Sílvio*) Então pegue esta mulher para você, pastor! Passar bem!

FEBE – Doce jovem, eu imploro para que você continue me insultando por pelo menos mais um ano! Prefiro ouvir você me insultar do que este homem me cortejar.

ROSALINDA – Ele se apaixonou pela sua feiura, e ela se apaixonará pela minha grosseria. Se assim for, tão logo ela responder com olhares carrancudos, eu a cobrirei de palavras amargas. (*a Febe*) Por que me olha desse jeito?

FEBE – Garanto que não por ódio.

ROSALINDA – Eu imploro, não se apaixone por mim, pois sou mais falso que promessas feitas quando se está bêbado. Além disso, eu não gosto de você. Se vocês quiserem conhecer a minha casa, fica nas oliveiras aqui perto. (*a Célia*) Virá comigo, irmã? (*a Sílvio*) Pastor, trate-a com firmeza. (*a Célia*) Venha, mana. (*a Febe*) Pastora, olhe para ele com mais carinho, e não seja tão orgulhosa. Muito embora o mundo inteiro possa ver a senhorita, este pastor em sua miopia revela um grande amor. (*a Célia e Corino*) Vamos cuidar das cabras!

(*Saem Rosalinda, Célia e Corino.*)

FEBE – Caro pastor, o dito agora me conquista: "o amor, de fato, é só à primeira vista".

SÍLVIO – Doce Febe...

FEBE – Oi? O que foi que disse?

SÍLVIO – Doce Febe, tenha compaixão por mim.

FEBE – Eu tenho piedade de você, gentil Sílvio.

SÍLVIO – Onde quer que a piedade esteja, o alívio também estará. Pois se você tem piedade da minha dor de amor, você me dá amor. Assim, tanto sua piedade quanto a minha dor se dissipariam.

FEBE – Você tem o meu amor. Olha como sou prestativa.

SÍLVIO – Eu prefiro ter você.

FEBE – Mas isso é cobiça. Houve época em que odiei você, não que agora eu suporte o seu amor. Mas já que você sabe falar tão bem sobre o amor, a sua presença, que antes era tão enfadonha, agora eu vou tolerar. E, além disso, arrumarei serventia para você, mas não procure por recompensas além da sua própria alegria em me servir.

SÍLVIO – Tão sagrado e tão perfeito é o meu amor, e eu tão pobre de encantos, que aceitarei como esplêndida colheita catar as espigas desprezadas pelo homem que colhe o melhor da plantação. Deixe escapar aqui e acolá um sorrisinho dissimulado, e isso me bastará.

FEBE – Você conhece o jovem que acabou de falar comigo?

SÍLVIO – Não muito bem, mas o encontro com frequência. Foi ele que comprou a casa e as terras do velho camponês.

FEBE – Não pense que eu o amo apenas por ter perguntado sobre ele, pois não passa de um rapazinho impertinente. Embora ele fale muito bem. Mas que importância têm as palavras para mim? Embora as palavras funcionem bem quando quem as diz agrada quem as ouve. É um jovem bonito, quer dizer, não tão bonito, mas, decerto, é orgulhoso. No entanto, o orgulho lhe cai bem. Ele se tornará um homem lindo e a melhor coisa nele é a aparência de sua pele, e mais do que a língua magoa, os olhos curam. Não é alto, mas, para a sua idade, até que é. Suas pernas são mais ou menos, mas ainda assim são bem formadas. Havia um belo rubor em seus lábios, um pouco mais maduro e de um vermelho mais vivaz que aquele de suas bochechas, a exata diferença entre o vermelho firme e o suave alaranjado do damasco. Se alguma mulher, Sílvio, o percebeu em todas as suas partes, como eu fiz, teria chegado perto de se apaixonar por ele. Mas, da minha parte, eu não o amo, mas também não o odeio, embora eu tenha mais razão para odiá-lo do que para amá-lo, pois com que direito ele veio brigar comigo? Ele disse que meus olhos e meus cabelos eram pretos e, agora estou lembrando, estava tirando um sarro de mim. Eu me pergunto por que não respondi. Mas isso não importa, pois quem cala nem sempre consente. Eu escreverei para ele uma carta cheia de insultos, e você que vai entregar, hein, Sílvio?

SÍLVIO – Com todo o meu coração, Febe.

FEBE – Vou escrever agora mesmo. O assunto já está na minha cabeça e no meu coração. Serei bem amarga e falarei tudo o que eu pensar. Venha, Sílvio.

Fim do 3º ato

Ato IV

Cena 1
Na Floresta.

(Entram Rosalinda, Célia e Jaques.)

JAQUES – Eu lhe peço, belo jovem, deixe-me conhecê-lo melhor.

ROSALINDA – Dizem que você é um sujeito melancólico.

JAQUES – De fato sou; eu prefiro isso a rir.

ROSALINDA – Aqueles que se excedem de qualquer lado são abomináveis e mais passíveis de censura do que os bêbados.

JAQUES – Ora! É bom ser triste e não dizer nada.

ROSALINDA – Sendo assim, é bom também ser um poste.

JAQUES – Eu não tenho nem a melancolia do estudioso, que é imitação; nem a do músico, que é fantástica; nem a do cortesão, que é orgulhosa; nem a do soldado, que é ambiciosa; nem a do advogado, que é diplomática; nem a das mulheres, que é agradável; nem a dos amantes, que soma todas essas; mas uma melancolia muito minha, composta por muitas coisas simples, extraída de muitos objetos, e principalmente pela mistura acumulada de minhas viagens, nas quais minhas constantes reflexões me cobrem com a mais melancólica tristeza.

ROSALINDA – Um viajante! Por minha fé, você tem boas razões para ser triste. Temo que você tenha vendido suas próprias terras para conhecer as de outros homens. Então, seus olhos se encheram de paisagens e as suas mãos ficaram vazias.

JAQUES – Sim, e ganhei minha experiência.

(*Entra Orlando.*)

ROSALINDA – E sua experiência o torna triste. Eu prefiro ter um bobo para me alegrar à experiência para me entristecer – e também viajar por isso!

ORLANDO – Bom dia e felicidades, querida Rosalinda.

JAQUES – Nossa, Deus esteja convosco se você fala em versos brancos.

(*Sai Jaques.*)

ROSALINDA – Adeus, senhor viajante. Fale com sotaque e vista roupas exóticas; se desfaça de todos os privilégios de sua pátria; renegue sua origem e esbraveje contra Deus por ter essa aparência, ou eu duvidarei que esteve em outras terras. (*a Orlando*) Oi, como vai, Orlando? Por onde esteve esse tempo todo? Você, um enamorado? Se me aprontar de novo uma dessas, não apareça mais diante de mim.

ORLANDO – Minha bela Rosalinda, eu cheguei uma hora depois do que prometi.

ROSALINDA – Um enamorado, uma hora atrasado? Aquele que dividir um minuto em mil partes e quebrar somente uma parte da milésima parte de um minuto nos assuntos do amor pode ter recebido do Cupido apenas um tapinha no ombro, mas lhe garanto que seu coração está intacto.

ORLANDO – Perdoe-me, querida Rosalinda.

ROSALINDA – Não, se você for tão lento, não apareça mais diante de mim. Eu preferia ser cortejada por um caramujo.

ORLANDO – Um caramujo?

ROSALINDA – Sim, um caramujo, pois embora venha devagar, ele carrega sua própria casa – um dote melhor do que você pode dar a uma mulher. Além disso, ele traz seu destino consigo.

ORLANDO – Como assim?

ROSALINDA – Ah, o chifre: como os que vocês ficam contentes em ver nas suas esposas; mas ele vem armado com sua sorte, evitando que falem de sua mulher.

ORLANDO – A virtude não faz chifre, e minha Rosalinda é virtuosa.

ROSALINDA – E eu sou sua Rosalinda.

CÉLIA – Agrada a ele chamá-la assim, mas a Rosalinda dele tem melhor aparência do que a sua.

ROSALINDA – Venha, corteje-me, corteje-me, pois agora tenho o humor de feriado e estou com disposição a consentir. O que você me diria agora, se eu fosse a sua Rosalinda?

ORLANDO – Eu a beijaria antes de falar.

ROSALINDA – Não, seria melhor se falasse antes? Assim, quando ficar empacado por falta de assunto, você poderá aproveitar a ocasião para beijar. Ótimos oradores pigarreiam quando se atrapalham, e para os enamorados (Deus nos livre!), sem assunto, a tática mais higiênica é beijar.

ORLANDO – E se o beijo for recusado?

ROSALINDA – Então ela fará com que você suplique, e aí começa um novo assunto.

ORLANDO – Quem ficaria sem assunto estando diante de sua amada?

ROSALINDA – Ora, você ficaria se eu fosse sua amada, ou pensaria que minha virtude é mais exuberante do que meu espírito.

ORLANDO – Por como eu pareço?*

ROSALINDA – Não por como você parece, mas por como você aparece. Não sou sua Rosalinda?

ORLANDO – Eu me alegro em dizer que é, porque estaria conversando com ela.

ROSALINDA – Bem, na pessoa dela, eu digo que não o quero.

---

* No original, Shakespeare utiliza a palavra "suit" com o duplo sentido: o cortejo (entre Orlando e Rosalinda) e os trajes que Orlando veste.

ORLANDO – Então, em minha pessoa, morro.

ROSALINDA – Não, por fé, morra por procuração. Este pobre mundo tem quase seis mil anos, e neste tempo todo, não houve nenhum homem que morresse por sua própria pessoa, pelo menos em causas de amor. Troilo teve seus miolos despedaçados por uma clava grega, e ainda fez o que pôde para morrer antes – e ele é um dos exemplos do amor. Leandro viveria muitos belos anos mesmo que Hero virasse freira, não fosse por uma quente noite de verão; pois, belo jovem, ele foi somente banhar-se no Helesponto e, atacado por câimbras, afogou-se. Historiadores tolos daquela época acharam que foi por causa de "Hero de Sesto". Mas são mentiras. Homens têm morrido de tempo em tempo e os vermes os têm devorado, mas não por causa de amor.

ORLANDO – Eu não iria querer minha verdadeira Rosalinda com esses pensamentos, pois afirmo que seu olhar de censura poderia me matar.

ROSALINDA – Por esta mão, não matará uma mosca. Mas venha, agora eu serei sua Rosalinda com melhor disposição, peça-me o que quiser, e eu concederei.

ORLANDO – Então me ame, Rosalinda.

ROSALINDA – Sim, por minha fé, amarei, às sextas e sábados e todos os dias.

ORLANDO – E você me terá?

ROSALINDA – Sim, e outros vintes iguais.

ORLANDO – O que disse?

ROSALINDA – Você não é bom?

ORLANDO – Espero que sim.

ROSALINDA – Ora, então pode alguém desejar em excesso algo tão bom? (*a Célia*) Venha, irmã, você será o sacerdote e nos casará. (*a Orlando*) Dê-me sua mão, Orlando. (*a Célia*) O que diz, irmã?

ORLANDO – Eu imploro, nos case.

CÉLIA – Eu não sei as palavras.

ROSALINDA – Você deve dizer: "Você, Orlando, aceita...".

CÉLIA – Vamos. Você, Orlando, aceita como esposa esta Rosalinda?

ORLANDO – Aceito.

ROSALINDA – Sim, mas quando?

ORLANDO – Ora, agora, assim que ela nos case.

ROSALINDA – Então você deve dizer: "Eu aceito você, Rosalinda, como minha esposa".

ORLANDO – Eu aceito você, Rosalinda, como minha esposa.

ROSALINDA – Eu poderia pedir que assine o contrato. Mas eu aceito você, Orlando, como meu marido. Eis uma menina se antecipando ao sacerdote e, certamente, os pensamentos de uma mulher se antecipam às suas ações.

ORLANDO – Assim são todos os pensamentos: eles têm asas.

ROSALINDA – Agora me diga, por quanto tempo pretende ficar com ela depois de casado?

ORLANDO – Pela eternidade e mais um dia.

ROSALINDA – Diga "um dia" sem a eternidade. Não, não, Orlando, os homens são primavera quando cortejam e inverno quando se casam. As donzelas são céu claro quando são solteiras, mas o tempo vira quando se tornam esposas. Eu terei mais ciúmes de você do que um galo tem por sua galinha, serei mais barulhenta do que um papagaio na chuva, mais caprichosa do que uma gata e mais inconstante do que uma cadela no cio. Vou chorar por qualquer coisa, como Diana em sua fonte, e o farei quando você estiver se divertindo. Vou rir como uma hiena quando você estiver com vontade de dormir.

ORLANDO – Mas minha Rosalinda fará isso?

ROSALINDA – Por minha vida, ela fará exatamente como eu.

ORLANDO – Oh, mas ela é espirituosa.

ROSALINDA – Sem o que ela pode não ter a esperteza para fazer isso – quanto mais espirituoso, mais indomável. Feche as portas ao espírito feminino, e ele escapará pela janela. Feche-a e ele escapará pela fresta. Impeça-o, e ele fugirá com a fumaça da chaminé.

ORLANDO – Um homem que tiver uma mulher com tal espírito, poderá dizer: "Espírito, para onde está indo?".

ROSALINDA – Não, você poderá guardar o interrogatório para

quando encontrar o espírito de sua esposa indo para a cama do vizinho.

ORLANDO – E qual espírito poderia ter espírito para justificar tal ato?

ROSALINDA – Ora, diria que ela foi procurá-lo por lá. Você nunca a terá sem suas respostas a não ser que a tenha sem sua língua. Oh, a mulher que não consegue culpar o marido por suas próprias falhas não poderá amamentar seu filho, pois ela o criará como um tolo.

ORLANDO – Rosalinda, vou deixá-la por duas horas.

ROSALINDA – Ai de mim, querido amado, não conseguirei ficar sem você por duas horas.

ORLANDO – Devo encontrar o Duque para o almoço. Às duas horas, estarei com você novamente.

ROSALINDA – Ai, segue seu caminho, segue seu caminho. Eu sabia que você se revelaria. Meus amigos me disseram tudo e não duvidei de nada. Essa sua língua cheia de cortejos é que me conquistou. É simplesmente um caso de abandono, e então, venha a morte! Você disse duas horas?

ORLANDO – Sim, doce Rosalinda.

ROSALINDA – Por minha fé, e com sinceridade, e que Deus me proteja, e por todas as juras que não forem profanas, se você quebrar um pedacinho de sua promessa ou chegar um minuto depois da sua hora, acharei que você é o mais patético quebrador de promessas e o mais falso enamorado e o mais indigno daquela que você chama de Rosalinda, que possa ser escolhido do indecente grupo dos infiéis. Por essa razão, lembre-se de minha ameaça e mantenha sua promessa.

ORLANDO – Com tanta fé quanto se realmente você fosse minha Rosalinda. Então, *adieu*.

ROSALINDA – Bem, o Tempo é a velha justiça que julga tais criminosos, deixemos o Tempo determinar. *Adieu*.

(*Sai Orlando.*)

CÉLIA – Você simplesmente difamou nosso sexo em sua tagarelice de amor! Nós devemos arrancar seu gibão e suas calças e mostrar ao mundo o que o pássaro fez com seu próprio ninho.

ROSALINDA – Ai, prima, prima, prima, minha bela priminha, se você soubesse em quantas braças de profundidade estou apaixonada! Mas meu amor não pode ser sondado – como os abismos do mar, ele tem um fundo desconhecido.

CÉLIA – Ou certamente sem fundo, porque assim que você deposita seus sentimentos, eles se escoam.

ROSALINDA – Não, aquele filho bastardo de Vênus, que foi gerado pelo pensamento, concebido pela melancolia e nascido da loucura, aquele menino cego e malandro que engana os olhos de todos porque perdeu os seus, deixe que ele julgue o quanto estou apaixonada. Digo a você, Aliena, eu não posso ficar longe dos olhos de Orlando. Vou encontrar uma sombra e suspirar até que ele volte.

CÉLIA – E eu vou dormir.

Cena 2

Em outra parte da Floresta.

(Entram Jaques e nobres, como monteiros.)

JAQUES – Quem é aquele que matou o cervo?

PRIMEIRO NOBRE – Senhor, fui eu.

JAQUES – Vamos apresentá-lo ao Duque, como um conquistador romano, e seria bom colocar os chifres do cervo em sua cabeça como uma coroa por sua vitória. Não tem uma canção, caçador, para a ocasião?

SEGUNDO NOBRE – Sim, senhor.

JAQUES – Cante. Não importa que seja afinado, contanto que faça barulho o suficiente.

SEGUNDO NOBRE (*canta*) –
O que vai levar aquele que matou o cervo?
A pele, a pata, o couro e o corno?
Todos a cantar:
Não vai te envergonhar
Por um chifre usar,
Teu bisavô, teu vô usou, teu pai os carregou.
Ai, ai! Os chifres, alegres e parrudos
Não são de se desprezar
E nem de se zombar.

Cena 3

Em outra parte da Floresta.

(*Entram Rosalinda, como Ganimedes, e Célia, como Aliena.*)

ROSALINDA – O que diz agora? Já não passou das duas horas? E aqui estou, vendo três Orlandos!

CÉLIA – Garanto a você, com amor puro e um cérebro perturbado, ele pegou seu arco e suas flechas e foi para longe dormir. Olha quem vem chegando.

(*Entra Sílvio, com uma carta.*)

SÍLVIO – Minha mensagem é para você, belo jovem. Minha gentil Febe mandou entregar-lhe isto. Desconheço seu conteúdo, porém, por sua expressão severa e atitude rabugenta que tinha enquanto escrevia, suponho que tenha um tom colérico. Desculpe-me, sou somente um inocente mensageiro.

ROSALINDA (*depois de ler*) – Até a própria Paciência se espantaria e se irritaria com esta carta. Quem aguenta isto aguenta tudo! Ela diz que não sou belo, que me faltam boas maneiras; ela me chama de orgulhoso e que não poderia me amar mesmo se os homens fossem tão raros quanto a Fênix. Ai, Meu Deus! O amor dela não é a lebre que eu caço! E por que me escreve assim? Bem bolado, pastor, esta carta é coisa sua!

SÍLVIO – Não, protesto! Não sei seu conteúdo. Febe realmente a escreveu.

ROSALINDA – Vamos, vamos, você é um tolo, e chegou a este extremo por amor.

Eu vi as mãos dela – ela tem uma mão feita de couro, avermelhada como tijolo. Eu realmente pensei que estivesse com luvas, mas eram suas próprias mãos. Ela tem as mãos de uma lavadeira – mas isso não é o problema. Eu digo que ela nunca escreveu esta carta; isto é invenção de um homem e sua mão.

SÍLVIO – Certamente, é dela!

ROSALINDA – Bem, tem um estilo rude e cruel, um estilo de quem quer briga. Bom, ela me desafia como um turco a um cristão. O doce cérebro das mulheres jamais deixaria escapar tais palavras de uma grosseria atroz, palavras etíopes, mais negras em suas consequências do que em suas aparências. Quer ouvir?

SÍLVIO – Se agradar a senhorita, pois eu nunca as ouvi, embora já tenha escutado muito a crueldade da Febe.

ROSALINDA – Ela me Febeliza! Perceba como a tirana escreve:
"É você um Deus em forma de pastor
que uma dama incendeia de amor?"
Pode uma mulher ofender assim?

SÍLVIO – Chama isso de ofensa?

ROSALINDA – "Por que sua divina presença veio à Terra
para no coração de uma dama fazer guerra?"
Você já ouviu alguma vez tamanha ofensa?
"Enquanto o olhar dos homens me cortejava,
deste modo, não me machucava."
Querendo dizer que eu sou um monstro!
"Se o escárnio de seu brilhante olhar
fez meu amor despertar,

que efeito não causaria
se o destino fosse bom, um dia?
Enquanto me desprezava, eu amava,
que transformação não faria
suas súplicas, sem ironia?
Aquele que leva esse recado
não imagina meu estado.
Por ele, mande sua resposta:
se aceita minha proposta,
e tudo mais que posso fazer;
ou se de mim não gosta,
estudarei como morrer."

SÍLVIO – Chama isso de ironia?

CÉLIA – Meu Deus, pobre pastor!

ROSALINDA – Você tem pena dele? Não, ele não merece pena. Você ama tal mulher? Para quê? Para tornar-lhe um instrumento e tocar, em você, melodias desafinadas? É insuportável! Bem, vá até ela, pois eu vejo que o amor o tornou um bichinho de estimação e diga: se ela me ama, eu a ordeno que o ame. Se ela não o amar, eu nunca a terei a não ser que você me implore. Se você for um enamorado sincero, fora daqui e nenhuma palavra, pois lá vem mais gente.

(Sai Sílvio; entra Olivério.)

OLIVÉRIO – Bom dia, belos jovens. Será que vocês sabem onde fica, nos arredores desta floresta, uma choça perto das oliveiras?

CÉLIA – A oeste daqui, no vale vizinho; o corredor de salgueiros perto daquele murmurante riacho o levará a esse lugar. Mas a esta hora, a casa está sozinha – não tem ninguém por lá.

OLIVÉRIO – Se o olhar pode ser favorecido pelas palavras, então eu reconheço você pela descrição que ouvi de seus traços, suas vestimentas e sua idade. "O menino é belo, com feições femininas, e se comporta como uma mulher madura; a outra é menor, e mais morena que seu irmão." (*a Rosalinda*) Não são vocês os proprietários da casa que acabei de perguntar?

CÉLIA – Já que pergunta, modéstia à parte, digo que sim.

OLIVÉRIO – Orlando manda seus cumprimentos, e ao jovem que ele chama de "sua Rosalinda", ele envia seu lenço ensanguentado. É você?

ROSALINDA – Sou eu. Mas o que isto significa?

OLIVÉRIO – Um pouco da minha vergonha, se vocês souberem o homem que sou, e como e por que e onde este lenço foi manchado.

CÉLIA – Eu lhe peço que conte.

OLIVÉRIO – Da última vez que Orlando os deixou, ele fez uma promessa de voltar em breve e, andando pela floresta, mascando os frutos agridoces da fantasia – escutem o que aconteceu –, olhou para um lado, e, vejam que quadro surgiu diante de seus olhos: sob um carvalho, cujos ramos estavam cobertos de antigos musgos, e a copa calva por sua velhice seca, havia um infeliz mendigo, desgrenhado, dormindo de costas; perto de seu pescoço, uma cobra verde e dourada se enrolava e, com sua cabeça, ágil e ameaçadora, se aproximava da boca do homem.

Mas, de repente, ao ver Orlando, ela se desenrolou e deslizou em zigue-zague para um arbusto, em cuja sombra, uma leoa, faminta, espreitava com sua cabeça no chão, com olhar gatuno para quando o homem que dormia se mexesse, pois a realeza própria dessa fera a impede de caçar o que parece morto. Vendo isso, Orlando se aproximou do homem e descobriu que era seu irmão, o irmão mais velho.

CÉLIA – Oh, eu o ouvi falando desse mesmo irmão, e ele se referia a tal como o mais desumano entre os homens.

OLIVÉRIO – E ele poderia se referir assim, pois eu bem sei que era desumano.

ROSALINDA – Mas e Orlando? Ele deixou seu irmão lá, para ser engolido pela leoa faminta?

OLIVÉRIO – Ele deu as costas a seu irmão duas vezes, com esse intuito; mas a bondade, sempre mais nobre do que a vingança, e a natureza, mais forte do que seus justos motivos, fizeram com que enfrentasse a leoa, que rapidamente foi derrotada por ele, e sua estrondosa queda do sono miserável acordou-me.

CÉLIA – Você é o irmão dele?

ROSALINDA – Foi você que ele salvou?

CÉLIA – Você que sempre planejou matá-lo?

OLIVÉRIO – Fui, não sou. Não me envergonho em dizer o que eu era, uma vez que minha transformação tem um gosto muito doce: ser agora o que sou.

ROSALINDA – Mas e o lenço ensanguentado?

OLIVÉRIO – Vou chegar lá. Cada um de nós fez suas confissões, e o reencontro nos encheu de lágrimas. Contei de como vim parar neste lugar deserto. Resumindo: ele me levou ao gentil Duque, que me deu roupas novas e hospitalidade, e entreguei-me aos cuidados do amor de meu irmão, que me levou diretamente à sua gruta; lá, ao se despir, percebeu que a leoa havia arrancado um pedaço de carne de seu braço, que continuava sangrando. Então, ele desmaiou enquanto chorava por sua Rosalinda. Rapidamente o acordei, cuidei do ferimento e, depois de um instante, sendo forte no coração, mandou-me aqui, para contar esta história, mesmo sendo um estranho, para que perdoe sua promessa quebrada, e dar este lenço, tingido por seu sangue, para o jovem pastor que ele, por brincadeira, chama de sua Rosalinda.

(*Rosalinda desmaia.*)

CÉLIA – Ganimedes, que é isso? Ganimedes!

OLIVÉRIO – Muita gente desmaia quando vê sangue.

CÉLIA – Aqui há mais coisa. Ganimedes!

OLIVÉRIO – Veja, ele acordou.

ROSALINDA – Eu queria estar em casa.

CÉLIA – Vamos levar-lhe. Eu peço, pode levá-lo pelo braço?

OLIVÉRIO – Ânimo, jovem. Você, um homem? Você não tem o coração de um homem.

ROSALINDA – É verdade, eu confesso. Ah, senhor, qualquer um acharia que foi um bom fingimento. Eu lhe peço que diga a seu irmão como fingi bem. Ah, ah...

OLIVÉRIO – Não foi fingimento: sua palidez é a melhor prova de que seu desmaio foi verdadeiro.

ROSALINDA – Fingimento, eu lhe garanto.

OLIVÉRIO – Muito bem então, seja forte e finja ser um homem.

ROSALINDA – É o que estou fazendo. Não há dúvida, eu deveria ter nascido mulher.

CÉLIA – Venha, você está cada vez mais pálido. Peço novamente, vamos para casa. Bom senhor, venha conosco.

OLIVÉRIO – Eu irei, pois devo dizer a meu irmão de que maneira irá perdoá-lo, Rosalinda.

ROSALINDA – Eu vou pensar em algo, mas peço que enalteça meu fingimento a seu irmão. Você vem?

(*Saem.*)

Fim do 4º ato

Ato V

Cena 1
Na Floresta.

(Entram Toque e Audrey.)

TOQUE – Nós vamos encontrar um na hora certa, Audrey. Paciência, gentil Audrey.

AUDREY – Por minha fé, o padre era bom o bastante, apesar do que aquele velho cavalheiro disse.

TOQUE – Um grande de um Olivério depravado, Audrey, o mais perverso sujador de texto bíblico. Mas, Audrey, tem um jovem aqui na floresta que pretende fazer sociedade com você.

AUDREY – É, eu sei quem é. Mas ele não tem a menor participação nos meus lucros. Aí vem o sujeito de que está falando.

TOQUE – Fico com a faca e o queijo nas mãos quando vejo um otário: palavra de honra, nós que temos esperteza temos obrigação de termos a língua afiada; somos obrigados a ser gozadores; é mais forte do que nós.

(Entra William.)

WILLIAM – Boa tarde, Audrey.

AUDREY – Deus te dê boa-tarde, William.

WILLIAM – E boa tarde a você, senhor.

TOQUE – Boa tarde, gentil amigo. Cubra a cabeça, cubra a cabeça; não, te peço, não tire o chapéu. Qual a sua idade, amigo?

WILLIAM – Vinte e cinco, senhor.

TOQUE – Uma idade oportuna. Seu nome é William?

WILLIAM – William, senhor.

TOQUE – Um nome promissor. É nascido aqui mesmo nesta floresta?

WILLIAM – Sim, senhor, graças a Deus.

TOQUE – "Graças a Deus": uma boa resposta. É rico?

WILLIAM – Verdade, senhor, mais ou menos.

TOQUE – Mais ou menos é bom, muito bom, muito maravilhosamente bom; e também não é – é mais ou menos. É sábio?

WILLIAM – Sim, senhor, sou bem sábio.

TOQUE – Ora, disse bem. Acabo de me lembrar de um ditado: "O tolo é aquele que pensa que é sábio; mas o verdadeiro sábio é aquele que se reconhece um tolo". Os filósofos de antigamente, quando tinham o desejo de comer uvas, abriam seus lábios ao pô-las na boca, significando assim que uvas foram feitas para serem comidas e lábios para se abrir. Você ama esta donzela?

WILLIAM – Amo, senhor.

TOQUE – Dê-me sua mão. É instruído?

WILLIAM – Não, senhor.

TOQUE – Então, siga esta instrução: ter é ter; pois é uma figura de retórica aquela quando a bebida, tendo sido tirada de uma taça e posta em um copo, ao encher um faz com que a outra fique vazia; pois que todos os escritores estão de acordo que *ipse* é ele: e, meu caro, você não é o *ipse*, pois eu sou o ele.

WILLIAM – Ele quem, senhor?

TOQUE – O ele, senhor, que vai se casar com esta mulher. Portanto, seu otário, abandone – o que em vulgar significa deixe – a sociedade – que em linguagem rude quer dizer companhia – desta fêmea – que comumente se diz mulher –; o que de uma vez só significa: abandone a sociedade desta fêmea, ou então, otário, irá perecer; ou para seu melhor entendimento: irá morrer; ou, traduzindo para sua sabedoria: eu te matarei, te apagarei, transformarei tua vida em morte, tua liberdade em cativeiro: e aí te tratarei com venenos, ou com porrete, ou com ferro; eu te confundirei com uma bola de tênis e te quicarei de um lado para o outro; eu te esmagarei com minha astúcia; te matarei de cento e cinquenta maneiras diferentes: portanto, estremeça e desapareça.

AUDREY – Faça isso, bom William.

WILLIAM – Deus te conserve alegre, senhor.

(*Entra Corino.*)

CORINO – Nosso amo e nossa ama te procuram. Vamos, vamos.

TOQUE – Toma teu rumo, Audrey! Toma teu rumo, Audrey! (*a Corino*) Já estou indo, já estou indo.

Cena 2

Na Floresta.

(*Entram Orlando e Olivério.*)

ORLANDO – É possível que a encontrando uma só vez tenha se apaixonado por ela? Que só de olhá-la começasse a amá-la? E que ao perceber o amor, a cortejasse? E ao cortejá-la, ela já aceitasse? Persiste em querer casar com ela?

OLIVÉRIO – Não ponha a loucura disso em questão, nem a pobreza de minha amada, o pouco conhecimento que temos um do outro, meu repentino pedido, nem seu súbito consentimento; apenas diga comigo: eu amo Aliena. Diga com ela que ela me ama; concorde com ambos que podemos nos casar: isso será para o seu bem; pois a casa de meu pai, todos os rendimentos que eram do velho Sir Rolando passarei para o seu nome e aqui viverei e morrerei como pastor.

ORLANDO – Tem meu consentimento. Que se faça esse casamento amanhã, e eu convidarei o Duque e seu jovial séquito. Você vá e prepare Aliena; pois como vê, aí vem minha Rosalinda.

(*Entra Rosalinda.*)

ROSALINDA – Deus o abençoe, irmão.

OLIVÉRIO – E a você também, bela irmã.

ROSALINDA – Oh, meu querido Orlando, como me entristece ver que traz o coração em uma tipoia.

ORLANDO – O braço.

ROSALINDA – Pensei que seu coração tivesse sido ferido pelas garras de um leão.

ORLANDO – Ferido está, mas pelos olhos de uma mulher.

ROSALINDA – Seu irmão contou como eu fingi desmaiar quando ele me mostrou o seu lenço?

ORLANDO – Sim, e maiores maravilhas ainda.

ROSALINDA – Ah, sei do que fala. Sim, é verdade: nunca houve nada mais repentino do que isso, a não ser uma briga de dois machos não castrados, e a fanfarronice orgulhosa de César: vim, vi e venci, pois seu irmão e minha irmã nem bem se encontraram, logo se olharam; mal se olharam, logo se amaram; mal se amaram, logo suspiraram; mal suspiraram, perguntaram o motivo de o haverem feito; mal souberam a razão, logo procuraram o remédio; e com semelhantes degraus construíram um par de escadas para o casamento, que terão de subir incontinente se não quiserem ficar incontinentes antes do casamento; estão consumidos pela fúria do amor e irão se consumir juntos; não se separam nem a pauladas.

ORLANDO – O casamento se realizará amanhã, e eu convidarei o Duque para as bodas. Mas que coisa amarga é ver a felicidade através dos olhos de outro! Amanhã minha tristeza será tão funda quanto a alegria de meu irmão.

ROSALINDA – Ora essa, amanhã não servirei como sua Rosalinda?

ORLANDO – Não posso mais viver de fantasias.

ROSALINDA – Então não mais o aborrecerei com conversas inúteis. Saiba, e agora eu falo com propósitos claros, que eu sei que você é um cavalheiro de boa estirpe, e não digo que você tenha de ter estima por meus conhecimentos, apenas saiba que sei quem você é; não viso obter maior estima do que aquela que sua confiança de alguma maneira pode me dar, viso fazer um bem a você e não me enaltecer. Acredite, então, se lhe agradar, que posso fazer coisas extraordinárias: tenho convivido, desde que tinha três anos, com um feiticeiro muito conhecedor de sua arte, mesmo assim, puro de coração. Se você ama Rosalinda tão profundamente em seu coração quanto suas atitudes demonstram, quando seu irmão desposar Aliena, você se casará com Rosalinda. Sei por quais caminhos do destino ela é levada, e para mim não é impossível, se não lhe for inconveniente, fazê-la aparecer amanhã, em carne e osso, e sem perigo algum.

ORLANDO – Está falando sério?

ROSALINDA – Por minha vida, que estimo muitíssimo, embora me arrisque dizendo que faço feitiços. Portanto, vista-se com suas melhores roupas; convide os amigos, pois se quiser estar casado amanhã, estará; e com Rosalinda, se lhe agradar.

(*Entram Sílvio e Febe.*)

ROSALINDA – Veja, aí vem uma enamorada minha e um enamorado dela.

FEBE – Rapaz, não foi nada gentil comigo ao ler em voz alta a carta que te escrevi.

ROSALINDA – Pouco me importa: é meu propósito parecer à

senhorita desdenhoso e grosseiro. Você tem perto de si um leal pastor; olhe para ele; ame-o; ele a adora.

FEBE – Bom pastor, conte a este jovem o que é amar.

SÍLVIO (*declama*) – É ser todo feito de suspiros e lágrimas.
E assim sou por Febe.

FEBE – E eu, por Ganimedes.

ORLANDO – E eu, por Rosalinda.

ROSALINDA – E eu, por mulher alguma.

SÍLVIO (*declama*) – É ser feito de fidelidade e devoção.
E assim sou por Febe.

FEBE – E eu, por Ganimedes.

ORLANDO – E eu, por Rosalinda.

ROSALINDA – E eu, por mulher alguma.

SÍLVIO (*declama*) – É ser feito de fantasia,
Ser todo paixão, repleto de desejos;
Só adoração, dever e obediência.
Sempre humilde, paciente e impaciente.
Só pureza, provações e vigilância.
E assim sou por Febe.

FEBE – E eu, por Ganimedes.

ORLANDO – E eu, por Rosalinda.

ROSALINDA – E eu, por mulher alguma.

FEBE (*a Ganimedes*) – Se assim é, por que me condena por amá-lo?

SÍLVIO (*a Febe*) – Se assim é, por que me condena por amá-la?

ORLANDO – Se assim é, por que me condena por amá-la?

ROSALINDA – Para quem diz também: "Se assim é, por que me condena por amá-la?"?

ORLANDO – Para aquela que não está aqui nem pode ouvir.

ROSALINDA – Eu imploro a vocês, chega! Parece o uivar de lobos irlandeses para a lua. (*a Sílvio*) Eu ajudarei, se puder. (*a Febe*) Eu lhe amaria, se pudesse. Amanhã me encontrem todos juntos. (*a Febe*) Eu me casarei com você, se algum dia me casar com uma mulher, e estarei casado amanhã. (*a Orlando*) Eu lhe deixarei satisfeito, se algum dia vier a deixar algum homem satisfeito, e você estará casado amanhã. (*a Sílvio*) Eu lhe deixarei contente, se o que deseja puder contentá-lo, e estará casado amanhã. (*a Orlando*) Já que ama Rosalinda, compareça. (*a Sílvio*) Já que ama Febe, compareça. E já que não tenho amor por mulher alguma, comparecerei. Portanto, adeus: deixei as minhas instruções.

SÍLVIO – Se estiver vivo, não faltarei.

FEBE – Nem eu.

ORLANDO – Nem eu.

(*Saem.*)

Cena 3

Na Floresta.

(*Entram Toque e Audrey.*)

TOQUE – Amanhã é o dia, Audrey! Amanhã estaremos casados.

AUDREY – Mal posso esperar e espero que eu não me torne impura por desejar ser uma mulher casada. Aí vêm dois dos pajens banidos do Duque.

(*Entram dois pajens.*)

PRIMEIRO PAJEM – Boa tarde, digno cavalheiro.

TOQUE – Chegaram em boa hora. Sentem-se, sentem-se. E cantem-nos uma canção.

SEGUNDO PAJEM – Que boa ideia! Sente-se aqui entre nós.

PRIMEIRO PAJEM – Devemos começar sem rodeios, sem pigarrear, dar uma cuspidela ou dizer que estamos roucos, para deixarmos claro o quanto nossa voz é ruim?

SEGUNDO PAJEM – Tenha fé, tenha fé; cantemos no mesmo tom, como dois ciganos cavalgando o mesmo cavalo.
(*cantam*)
Hey, ho, hey, ho nonino no
Um namorado com sua pequena
Caminham juntinhos na mata serena.
Andaram, andaram até encontrar
Um lugarzinho pra se abraçar.
Na primavera

Tempo de amores
Tempo dos cantos
Das lindas flores.
Hey, ho, hey, ho nonino no
Cantarolaram uns versos bacanas
Dizendo que a vida é só pra quem ama.
Viva o presente, aproveite seu dia
A vida é pequena, apenas sorria.
Vamos amar!

TOQUE – Realmente, jovens cavalheiros, apesar de a letra não ser lá grande coisa, ainda assim, foi bem desafinado.

PRIMEIRO PAJEM – Você se engana, senhor; mantivemos o ritmo, não perdemos o tempo.

TOQUE – Por minha fé, sim, quem perdeu o tempo fui eu ao ouvir uma canção tão estúpida. Vá com Deus; e que Ele dê um jeito na voz de vocês. Vamos, Audrey.

Cena 4

Na Floresta.

(*Entram Duque Sênior, Amiens, Jaques, Orlando, Olivério e Célia.*)

DUQUE SÊNIOR – E você acredita, Orlando, que o rapaz vai conseguir fazer tudo o que prometeu?

ORLANDO – Às vezes, eu acredito, às vezes, não; temo a esperança, mas eu espero mesmo assim.

(*Entram Rosalinda, Sílvio e Febe.*)

ROSALINDA – Mais uma vez, paciência, enquanto eu relembro nosso acordo. Você disse que, se eu trouxesse sua Rosalinda, você a entregaria a Orlando?

DUQUE SÊNIOR – Com mil reinos como dote, se os tivesse, assim o faria.

ROSALINDA – E você disse que a desposaria, se eu a trouxesse?

ORLANDO – Mesmo que de todos os reinos fosse rei, assim o faria.

ROSALINDA – E você disse que se casaria comigo, se eu quisesse?

FEBE – Mesmo que morra uma hora depois, assim o farei.

ROSALINDA – Mas se você se recusar a casar comigo, se entregará a este fiel pastor?

FEBE – É o acordo.

ROSALINDA – E você diz que se casará com Febe, se ela quiser?

SÍLVIO – Mesmo se me casar com ela e morrer significar a mesma coisa, assim o farei.

ROSALINDA – Prometi que deixaria tudo em seu devido lugar. Mantenha sua palavra, Duque, e entregue sua filha; e você mantenha a sua, Orlando, e receba a filha dele; mantenha sua palavra, Febe, e case-se comigo, ou recusando, case-se com este pastor; mantenha sua palavra, Sílvio, e case-se com ela, se ela me recusar. E daqui me vou para arrumar toda esta confusão.

(*Saem Rosalinda e Célia.*)

DUQUE SÊNIOR – Encontro neste jovem pastor traços muito semelhantes aos de minha filha.

ORLANDO – Meu senhor, a primeira vez que eu o vi, pensei se tratar um irmão de sua filha: mas, meu bom homem, este rapaz é nativo daqui, e foi iniciado nas ciências ocultas por seu tio, que ele diz ser um grande feiticeiro, que vive escondido no centro da floresta.

(*Entram Toque e Audrey.*)

JAQUES – Certamente outro dilúvio se aproxima, e os casais estão chegando para entrar na arca. Aí vem um par de bestas muito curioso, que em todas as línguas é chamado de bobo.

TOQUE – Saudações e felicitações a todos.

JAQUES – Meu bom senhor, dê-lhe boas-vindas. Este é o senhor de mente cruzada que algumas vezes tenho encontrado na floresta: ele jura ter sido um homem da corte.

TOQUE – E se alguém duvidar, que me ponha à prova. Eu já dancei um bocado; eu já iludi uma dama; fui político com meus amigos, e suave com meus inimigos; levei três alfaiates à falência; meti-me em quatro discussões, e por pouco que não empunhei a espada em uma quinta.

JAQUES – E como a última se resolveu?

TOQUE – Bem, nos encontramos e descobrimos que nossa disputa tinha chegado na regra de número sete.

JAQUES – O que quer dizer a regra de número sete? (*para o Duque*) Meu bom senhor, espero que goste deste sujeito.

DUQUE SÊNIOR – Estou gostando bastante dele.

TOQUE – Deus lhe pague, senhor. Vim atrás de sua benção. Intrometo-me aqui, senhor, entre estes casais campestres para jurar e perjurar; à medida que o casamento ata e o sangue desata: uma pobre virgem, senhor, uma coisa de aparência doentia, senhor, mas que me pertence. É o modesto capricho de minha parte, senhor, pegar o que todos recusam: virgindade de uma moça feia é como um homem rico morando num barraco, ou como a pérola em sua ostra imunda.

DUQUE SÊNIOR – Por Deus, como é rápido e certeiro!

TOQUE – Segundo as flechadas de um bobo, senhor, e outros incômodos agradáveis.

JAQUES – Mas e a regra de número sete? Como vocês souberam que tinham alcançado a regra de número sete?

TOQUE (*a Audrey*) – Por conta de uma mentira sete vezes removida. Ajeita esse corpo, Audrey. (*voltando-se para o Duque*) Foi assim, senhor: eu realmente não gostava do corte da barba de certo homem da corte. Ele mandou dizer-me que se eu achava que a barba dele não tinha um bom corte, ele achava que tinha: isso é chamado "Réplica Cordial". Se eu insistisse em dizer que não estava bem cortada, ele me responderia que a tinha cortado para seu próprio gosto, ao que se dá o nome de "Tímida Extravagância". Se novamente eu afirmasse que não estava bem cortada, ele poria em dúvida a minha capacidade de julgar; a isso se dá o nome de "Represália Grosseira". No caso de mais uma vez eu afirmar que não estava bem cortada, ele teria respondido que eu faltava com a verdade. A isso se chama "Reprovação Corajosa". Se viesse à baila com mais um "não está bem cortada", ele diria que eu mentia; a isso se dá o nome de "Contraprova Bélica". E assim chegaríamos à "Mentira Circunstancial" e à "Mentira Direta".

JAQUES – E quantas vezes mandou dizer que a barba era mal cortada?

TOQUE – Não me atrevi a passar da Mentira Circunstancial, nem ele atreveu-se a impor-me a Mentira Direta; e, com isso, medimos nossas espadas e nos separamos.

JAQUES – Você poderia enumerar em ordem crescente as sete regras?

TOQUE – Senhor, nós discutimos de acordo com as regras, como escrito no livro; da mesma maneira que vocês têm livro de etiqueta. Lá vai: primeira, Réplica Cordial; segunda, Tímida Extravagância; terceira, Represália Grosseira; quarta, Reprovação Corajosa; quinta, Contraprova Bélica; sexta, Mentira Circunstancial; sétima, Mentira Direta. Todas você pode evitar, menos a Mentira Direta; que, aliás, você pode contornar com um "se". Soube de uma vez em que sete juízes não haviam conseguido resolver um caso, mas que, no momento em que as partes se encontraram para decidir pelas armas, ocorreu a um deles a ideia de um simples "se", mais ou menos desse jeito: "se" você disse isto, eu disse aquilo, assim, apertaram as mãos e juraram amizade. Esse "se" é um legítimo pacificador; há muita virtude nesse "se".

JAQUES – Um sujeito raro, não é, meu senhor? Ele é bom em tudo o que faz e, ainda assim, um bobo.

DUQUE SÊNIOR – Usa sua loucura como um cavalo de exibição e sob o disfarce dispara sua inteligência.

(*Entram Himeneu, Rosalinda e Célia.*)

HIMENEU (*declama*) – O céu se enche de risos
quando assuntos terrenos,
ao serem resolvidos
a todos deixa unidos.
Bom Duque, receba tua filha.
Do céu Himeneu a trouxe,
sim, aqui a apresenta
sabendo que irá entregá-la
àquele que soube amá-la.

ROSALINDA (*a Duque Sênior*) – A você me entrego, pois sou sua!
(*a Orlando*) A você me entrego, pois sou sua!

DUQUE SÊNIOR – Se meus olhos não mentem, você é a minha filha.

ORLANDO – Se meus olhos não mentem, você é a minha Rosalinda.

FEBE (*declama*)– Se a minha vista e teu corpo estão certos, então, meu amor, *vade retro*!

ROSALINDA (*a Duque Sênior*) – Não terei pai algum a não ser você.
(*a Orlando*) Não terei marido algum a não ser você.
(*a Febe*) Nem casarei com mulher alguma a não ser você.

HIMENEU (*declama*) – Paz, eia! Eu proíbo a confusão.
Serei eu que darei conclusão
aos estranhos eventos de até então.
Aqui há oito mãos,
que por Himeneu se juntarão,
se for de seu agrado,
o que a vocês for apresentado.
(*a Orlando e Rosalinda*) A vocês nada poderá separar.
(*a Olivério e Célia*) Você e você são um só coração.
(*a Febe*) Você deve ao amor dele se render,
ou então, uma esposa é que vai ter.
(*a Toque e Audrey*) Você a ela está ligado,
assim como o inverno ao vento gelado.
Enquanto cantamos o hino nupcial,
se alimentem de perguntas e coisa e tal;
para que a mente possa descansar,
e de como nos encontramos parar de perguntar.
(*canta*)
Juno veste a coroa e nasce a união,

Criando laços que se amarram costurando uma teia sem fim.
Sagram-se a floresta, rio, corte, ventos
E toda uma nação,
E assim fizemos gentilmente nossa ode à União.
Suportamos o frio, a lágrima perdida.
O amor é tontura na tarde florida,
Nada há como a vida.
Cantemos os rios, a várzea florida.
O amor é loucura, a amizade querida,
Nada há como a vida.

DUQUE SÊNIOR – Querida sobrinha, é tão bem-vinda quanto minha filha Rosalinda.

FEBE – Não faltarei com minha palavra, agora você é meu; sua fé me conquistou.

(*Entra Jaques de Boys.*)

JAQUES DE BOYS – Deixem-me falar uma palavra ou duas. Sou o segundo filho do velho Sir Rolando de Boys e trago notícias a esta feliz assembleia. Duque Frederico, ao saber que valorosos homens dia a dia afluíam para a floresta, reuniu um grande exército, e puseram-se a caminho deste bosque, chefiados pelo próprio Duque, que vinha com o objetivo de enfrentar o irmão e matá-lo. Mas ao chegar à entrada da floresta, encontrou um velho sacerdote. Conversaram por um tempo, e após ser questionado, decidiu não só abandonar a perseguição ao irmão, como também renunciar à vida mundana. Deixou a coroa ao seu irmão banido e restitui as terras a todos que com ele se exilaram. E que isto é verdade, juro por minha vida.

DUQUE SÊNIOR – Seja bem-vindo, rapaz! Traz bons presentes ao casamento de seus irmãos. A um restitui o que lhe é de direito; e ao outro entrega extensas terras, um grande ducado. Mas primeiro, concluamos na floresta o que aqui bem começou e aqui foi bem concebido. Depois disso, que todos os meus felizes companheiros, que viveram ao nosso lado o amargor das noites e dos dias do desterro, desfrutem de nossa restituída fortuna, cada qual na medida de seu posto. Mas até lá, esqueçamos nossas nobres posições e aproveitemos esta festa de tão simples beleza. Música! E vocês, noivas e noivos, dancem ao ritmo da alegria.

JAQUES – Senhor, espere um minuto. Se eu ouvi bem: o Duque abandonou a luxuosa corte para viver como monge?

JAQUES DE BOYS – Isso mesmo.

JAQUES – Vou procurá-lo: com esses convertidos há muito para se ouvir e aprender. (*a Duque Sênior*) Deixo-te de herança as honrarias que sua paciência e sua virtude merecem; (*a Orlando*) deixo-te ao amor que sua sinceridade merece; (*a Olivério*) a você, terras, amor, e bons amigos; (*a Sílvio*) a você, um leito conquistado a duras penas; (*a Toque*) a você, deixo o inferno conjugal, pois sua lua de mel expira em dois meses. Dancem todos alegres. Bom proveito; que para esses compassos não fui feito.

DUQUE SÊNIOR – Fique, Jaques, fique um pouco mais.

JAQUES – Não, esta diversão não é para mim. Se de mim precisar, estarei na caverna que você abandona.

(*Sai.*)

DUQUE SÊNIOR – Prossigamos. Prossigamos. Comecemos estes ritos da mesma maneira que esperamos que eles terminem: repletos de alegria.

(*Todos dançam.*)

FIM DO 5º ATO

Epílogo

ROSALINDA – Não é o costume ver uma mulher apresentando o epílogo, mas não é pior do que ver um homem apresentando o prólogo. Se é verdade que não é preciso de rótulo para vender um bom vinho, então também deve ser verdade que uma boa peça não precisa de um epílogo. Mas bons rótulos são colocados em bons vinhos e uma boa peça fica ainda melhor com a ajuda de um bom epílogo. De qualquer maneira, eu estou numa posição estranha, pois não só não tenho um bom epílogo, como não tenho certeza se esta foi uma boa peça. Não estou vestida como um pedinte, então não seria apropriado que eu pedisse. Em vez disso, conclamo a todos, e começarei pelas mulheres. Eu exijo a vocês, mulheres, que, em nome do amor que têm pelos homens, gostem desta peça o quanto tiverem vontade. E eu exijo que para vocês, homens, em nome das mulheres que amam – eu posso perceber por estes sorrisinhos que nenhum de vocês as odeia –, a peça sirva como algo muito bom de ser compartilhado com sua dama. Se eu fosse uma mulher, eu beijaria todos que tivessem uma barba que me agradasse, feições de que eu gostasse e hálito ao qual eu não conseguisse resistir. E eu tenho certeza de que todos vocês com boas barbas, belos rostos e hálito doce, quando eu fizer a reverência de boa-noite, se despedirão com aplausos.

Fim

Com direção artística de Marcelo Lazzaratto, a **Cia. Elevador de Teatro Panorâmico** foi fundada no ano 2000 e, como espinha dorsal de seu trabalho, apropria-se dos mais diversos temas para dialogar diretamente com o homem contemporâneo, propondo a junção da verticalidade da pesquisa com a horizontalidade de sua abrangência ao público.

Na foto ao lado, alguns dos responsáveis por esta tradução que você acaba de ler (de baixo para cima): Marcelo Lazzaratto, Carolina Fabri, Pedro Haddad e Gabriel Miziara.

ENTREVISTA

Realizada com MARCELO LAZZARATTO (ator e diretor da Cia. Elevador de Teatro Panorâmico) e com os atores CAROLINA FABRI, GABRIEL MIZIARA e PEDRO HADDAD no dia 21 de junho de 2011, época em que a peça esteve em cartaz no teatro da Companhia, mesmo espaço onde a entrevista foi realizada.

COMO SE INICIOU O PROCESSO DE TRADUÇÃO?

MARCELO LAZZARATTO (M.L.): Optamos por traduzir a peça como um processo de estudo, de pesquisa. Acho que o diferencial de um grupo de teatro, que se mantém continuamente, é exatamente isso: se permitir um tempo. Em processos mais comerciais, você reúne o elenco, ensaia e a peça já entra em cartaz, com prazos. Em um grupo de pesquisa, os tempos são um pouco diferentes.

Na época em que começamos a traduzir o texto, a companhia estava em uma entressafra de montagens. Tínhamos acabado de fazer uma peça e estávamos vislumbrando qual seria a próxima. *As You Like It* [*Do jeito que você gosta*] era uma peça já pretendida, porque a companhia precisava ter um trato com o clássico, e os atores pediam que fôssemos para a comédia, então, nessa entressafra, nos dedicamos à tradução.

QUANTO TEMPO DEMOROU PARA A TRADUÇÃO SER CONCLUÍDA?

M.L.: O processo todo foi um ano, mas acho que passamos cerca de oito meses trabalhando especificamente no texto.

VOCÊS FIZERAM TUDO ENTRE VOCÊS OU TIVERAM ALGUM TIPO DE AJUDA EXTERNA?
CAROLINA FABRI (C.F.): Não, tudo foi feito por nós mesmos.

ALGUM DE VOCÊS JÁ TINHA EXPERIÊNCIA COM TRADUÇÕES?
M.L.: Com textos de teatro, não. Todos já tinham traduzido algumas coisas, mas não uma obra inteira.
GABRIEL MIZIARA (G.M.): Para a peça *Ponto zero*, por exemplo, traduzimos algumas coisas. Pegamos *A chinesa*, do Godard, que não tinha tradução em português. Transcrevemos o vídeo e traduzimos as falas.
TODOS: Foi bem difícil!
M.L.: Havia trechos em francês e inglês – tivemos de cotejar tudo.
C.F.: Mas foi bem pouco, se comparado com o trabalho de *Do jeito que você gosta*.

E O QUE VOCÊS SENTIRAM DE DIFERENÇA, E QUAIS NOVAS DIFICULDADES SURGIRAM, AO TRADUZIR COLETIVAMENTE *AS YOU LIKE IT*?
M.L.: Estruturamos o trabalho da seguinte maneira: três pessoas da companhia têm bastante fluência em inglês, um domínio maior da língua. Esses três pegavam trechos do texto e faziam uma primeira varredura, oferecendo algumas opções, ou seja, apresentavam possibilidades diferentes para as frases. Esse material vinha para o grupo, que debatia tudo, linha por linha... Não foi fácil! Tínhamos de lidar com tudo, com as escolhas, com os humores, com as diferentes visões. Trabalho em coletivo não é simples! Mas isso foi muito enriquecedor, pois acho que todos os atores da peça sabem muito bem do que ela se trata.
C.F.: A gente discutiu cada linha, cada vírgula. Então, na hora de decorar, foi orgânico.

VOCÊS TÊM UM ENVOLVIMENTO DIFERENTE COM ESSA PEÇA EM COMPARAÇÃO COM OUTRAS?

C.F.: Com certeza!

PEDRO HADDAD (P.H.): Sim, pois a gente já tinha traduzido antes de começar a ensaiar.

G.M.: Sim, e no processo de estudo da peça, pegamos várias versões do texto traduzidas por outras pessoas e fomos experimentando esses personagens. Quando a gente se sentou para fazer a tradução já tínhamos também um material...

C.F.: Um estudo prático.

G.M.: É, já tínhamos um material prático acumulado que ajudava a pensar como aquele personagem diria aquilo.

C.F.: Sim, várias opções.

M.L.: Tradução é uma opção. Claramente é uma opção. Mas não é uma opção fácil, porque uma mesma frase leva para outros encaminhamentos de acordo com a mudança de um sinônimo, que quer dizer, na realidade, a mesma coisa, mas que na próxima frase do próprio personagem, na próxima réplica, é mais ou menos pertinente e oferece um encaminhamento de sentido que determina coisas além, até a caracterização do personagem.

VOCÊS DISSERAM QUE ESTUDARAM OUTRAS TRADUÇÕES NO PROCESSO DE PESQUISA. HÁ ALGUMA TRADUÇÃO DESSA PEÇA E ALGUM TRADUTOR ESPECÍFICO QUE INFLUENCIARAM MAIS A VERSÃO DE VOCÊS?

C.F.: A tradução de *As You Like It* que a gente mais usou antes de começar a traduzir foi a do Carlos Alberto Nunes. É a mais conhecida e se chama *Como gostais*.

M.L.: Publicada pela Ediouro.

C.F.: É uma boa tradução, mas é muito antiga. Tem um fraseado rebuscado demais e não tem um aspecto contemporâneo, mas foi a que a gente usou como base antes de começar o trabalho de tradução.

P.H.: Tem também uma adaptação do Geraldo Carneiro.
C.F.: Essa é uma adaptação mesmo, tanto que não possui várias passagens da peça, mas traz uns trocadilhos ótimos, pois é mais recente.
M.L.: Ele fez essa adaptação para a montagem de um grupo do Rio de Janeiro, que procurava esse tipo de recorte. O Geraldo Carneiro também tem uma boa tradução de *A tempestade*, na íntegra. Eu gosto muito das traduções dele, pois, por ser poeta, consegue fazer opções de coisas paralelas, mantendo o frescor, a poesia e a sonoridade, mesmo que não traga exatamente o sentido do que o Shakespeare criou. Ele faz quase uma "transcriação", como diria o Haroldo de Campos.
C.F.: Acho que a gente tentou juntar um pouco das duas coisas, permanecendo na estrutura de Shakespeare como o Carlos Alberto Nunes fez, só que trazendo para a contemporaneidade e adaptando esses trocadilhos, para ter essa coisa mais cotidiana, como a do Geraldo Carneiro. Só que não fizemos uma adaptação, mas também não ficamos muito engessados. Foi isso que tentamos fazer, a prática nos ajudou.

ESSA ADAPTAÇÃO LINGUÍSTICA DEIXA O TEXTO MAIS PRÓXIMO DO PÚBLICO?

M.L.: Vou falar uma coisa a nosso favor: nossa tradução tem uma estrutura mais ágil, mas contém o Shakespeare integral, não cortamos nada. Acrescentamos apenas umas dez frases nossas – como a da pamonha ou a do para-choque de carruagens –, pouca coisa. O resto todo é Shakespeare. E na atuação, no nosso trabalho de criação do espetáculo, o texto está tão assimilado pelos atores que soa ao espectador como uma coisa recente, atemporal.

ENTÃO A TRADUÇÃO QUE VOCÊS FIZERAM TENDE A SE MANTER POR MAIS TEMPO?

M.L.: Eu acho que sim, porque o Shakespeare está inteiramente lá. A gente não mexeu no Shakespeare, não quisemos transformá-lo. A brincadeira do para-choque de carruagens é pertinente, por exemplo.

C.F.: Ela é um paralelo a uma brincadeira que existia no texto original, com algo comum à época, mas que hoje já não faz sentido.

M.L.: Talvez o Shakespeare brincasse com os para-choques de caminhões se fosse escrever hoje em dia. Há também a frase da "Hipotemusa", que o Pedro pode explicar melhor...

P.H.: No texto original, é dito que Rosalinda não era tão rimada desde a época de Pitágoras, na qual ela seria um rato irlandês. O que o autor quis dizer é que ela não era tão rimada desde antigamente, quando um poeta rimava uma pessoa que ele não gostava com a morte, metaforicamente, pois queria o mal dessa pessoa. Como traduzir isso? Resolvemos por "Eu nunca fui tão rimada desde a época de Pitágoras, quando eu era uma 'Hipotemusa'", bricando com a hipotenusa de Pitágoras. A gente tentou fazer uma adaptação que mantivesse o significado de "eu nunca fui tão rimada quanto antigamente".

C.F.: Acredito que o grande mérito da nossa tradução é que, por termos estudado muito o universo de Shakespeare antes de pegar as palavras e traduzir, conseguimos entender por onde ele transitava, por que Shakespeare era altamente popular. Então o que ele falava era compreensível – todos entendiam e riam –, mas também seus textos eram extremamente formais e estruturados.

A gente quis manter as duas coisas, e acho que conseguimos. Mantivemos tudo estruturado, com o português correto, com frases invertidas, não tão fáceis, porém, com todo o humor que vem dos trocadilhos tanto do inglês quanto em nossa língua.

P.H.: A versão final do texto é essa que publicamos, mas até chegar a ela, houve algumas mudanças no texto a partir da encenação. O que não encaixou direito foi modificado.

COMO FOI FEITA A ESCOLHA PARA O TÍTULO, JÁ QUE OUTRAS TRADUÇÕES FIZERAM ESCOLHAS BEM DIFERENTES?

P.H.: Temos primeiro de contar por que o Shakespeare deu o nome de *As You Like It* para a peça. Ele pegou todos os elementos que acreditava que o público gostaria e colocou em uma peça só. Então é o personagem mau que fica bom, são todos os casamentos, é a redenção.

C.F.: Tem quiproquó, tem enganos entre os namorados.

P.H.: E foi por isso que escolhemos traduzir *As You Like It* para *Do jeito que você gosta*.

M.L.: A tradução da Bárbara Heliodora é *Como quiserem*.

O *AS YOU LIKE IT* É UMA PEÇA MENOS CONHECIDA DE SHAKESPEARE, MAS COM PASSAGENS MUITO FORTES E PERSONAGENS EMBLEMÁTICOS. A QUE VOCÊS ATRIBUEM ISSO? POR QUE O MONÓLOGO DO JAQUES E A ROSALINDA SÃO TÃO CONHECIDOS, MAS A PEÇA EM SI NÃO É TÃO LEMBRADA QUANTO OUTRAS DO AUTOR?

M.L.: Porque o Shakespeare é um compêndio. A maior metáfora shakespeariana está nessa peça: "o mundo é um palco". Todas as outras metáforas que criou, outras tantas que até hoje são reproduzidas, muitas vezes sem nem saber que são dele, cabem no "mundo é um palco". Isso foi pinçado pelos estudiosos ao longo dos séculos.

Ao ser resgatado, tornou-se um objeto de análise. Ou seja, ensaios são escritos e essa frase shakespeariana vai se espalhando, e a conexão com a fonte vai se perdendo. Porque Shakespeare vem sendo estudado ao longo dos séculos por muitas pessoas e em diferentes áreas.

Já a Rosalinda é um personagem famoso, mas não está no rol dos personagens mais conhecidos de Shakespeare. Hamlet, sim, Romeu e Julieta, também, e mais Macbeth, Otelo... Tudo isso porque não se chama *Rosalind*, se chama *As You Like It*. Macbeth está na *Macbeth*, assim como Romeu e Julieta, Otelo e Hamlet. Então esses personagens, de saída, são os que as pessoas sabem mesmo sem saber, pois estão no título. Rosalinda não está no título.

Os estudiosos mais recentes conferem a Rosalinda a dimensão de um dos maiores personagens shakespearianos. Harold Bloom fala que o maior personagem feminino da obra de Shakespeare é Rosalinda. Ele a compara em potência a Hamlet. Mas isso é um estudo de um crítico, não chega a ser voz corrente. Não é todo mundo que concorda com isso. Na Inglaterra, *As You Like It* vem sendo montada ultimamente. O Kenneth Branagh fez sua versão cinematográfica há algum tempo [*As You Like It*, 2006]. No Reino Unido, essa peça sempre encanta. Ela tem um poder de comunicação do que ela propaga, gera um bem-estar em quem vê, é uma coisa benfazeja.

E O QUE VOCÊS TÊM A DIZER DO PERSONAGEM JAQUES E SEU MONÓLOGO? DE ALGUMA MANEIRA ELE DESTOA DO TOM GERAL DA PEÇA?

M.L.: Não acho que ele destoe do resto da peça, não. O Jaques é o duplo do Duque Sênior, na verdade. No final da peça, temos todos os pares casados e o único que sobra é o formado por Jaques e o Duque. Então Jaques diz que vai embora e o Duque pede que ele fique, mas Jaques insiste em partir. Ou seja, é um momento em que esse oposto complementar se quebra, fica certa tensão no ar. É uma peça toda feita de duplos, e o palco é feito de duplos. "O mundo é um palco" é o maior espelho que existe.

Portanto eu não creio que é uma coisa que está desconectada do resto da história. Na realidade, está muito inserida, mas de maneira não óbvia. É preciso mergulhar na peça para compreender isso. É preciso *fazer* a peça. Shakespeare nos basta como literatura? Não há dúvidas! Você lê e se encanta com o texto. Mas ele foi feito para o teatro, é preciso ter a ação. Fazer a peça é outra experiência. Senão, Shakespeare seria cada vez menos montado, e ele continua sendo feito e refeito, porque toca em coisas essenciais, arquetípicas, e que são recontadas de diversas maneiras.

C.F.: Mas o que acaba ficando é essa coisa da melancolia do Jaques. Ele é um ser estranho a toda essa alegria para qual a peça vai se encaminhando. E ele está no meio dos felizes, mas é sempre a voz que critica. Shakespeare é grande nisso, a peça tem um final feliz, termina com quatro casamentos, tudo se resolve, quem era ruim fica bom etc. Porém, Jaques diz "essa diversão não é para mim". Tem sempre um duplo para você entender as coisas.

G.M.: O [crítico Yan] Kott fala que o Jaques é um pré-Hamlet. E dentro dessa harmonia da peça, Jaques soa estranho. Hamlet não soa estranho por já estar num lugar bélico, ele já está em guerra *per se*. E Jaques, por estar em uma floresta, no meio dessas pessoas que propagam o bem-estar e a felicidade, ele destoa, ele grita.

M.L.: Em Shakespeare, você sempre encontra ressonância das peças. As estruturas são parecidas, mesmo assim, fascinantes.

NESSA QUESTÃO DOS DUPLOS: QUASE TODOS OS ATORES TÊM DOIS OU MAIS PAPÉIS NA MONTAGEM, VOCÊS ACHAM QUE A PEÇA JÁ FOI ESCRITA POR SHAKESPEARE PENSANDO QUE OS ATORES FARIAM PELO MENOS DOIS PAPÉIS?

M.L.: Sim, alguns casos são famosos. É quase certeza que o ator que fazia a Cordélia em *Rei Lear* era o mesmo que fazia o Bobo. Em Shakespeare, nada é certeza absoluta, mas ele tinha um número certo de pessoas, tinha registros vocais e registros físicos – uma tradição da *commedia dell'arte* –, e os papéis eram direcionados para essas figuras. Havia o ator galã, que não é bem o galã que a gente conhece hoje em dia, mas é o enamorado masculino; havia o ator mais franzino, menorzinho, com a voz mais fininha, que vai fazer a enamorada e que no *Rei Lear* provavelmente faria a Cordélia também. Quando a Cordélia sai de cena entra o Bobo, quando o Bobo sai de cena, entra a Cordélia. Isso é para a obra acontecer, não tem um tratamento de pesquisa estética de linguagem nisso. Só que Shakespeare é tão maravilhoso que, procurando, você encontra os paralelos.

O projeto da companhia de montar *As You Like It* tem um porquê: os atores quererem fazer comédia. E também, depois de tratamentos contemporâneos, queríamos nos deparar com um clássico. Mas tem um motivo mais importante ainda que é a questão dos duplos e dos heterônimos, a base do pensamento da minha criação de encenação. O ator que interpreta Adão, o velho, ser o mesmo ator que interpreta Jaques é um duplo inusitado, não estava em Shakespeare, mas era absolutamente pertinente com tudo e com o que a gente queria trabalhar de heteronímia, ou seja, eu posso ser qualquer coisa a partir do momento que se define o que eu sou. Isso está no texto, é uma frase do Olivério, que ele diz: "Fui, não sou". Ele era o vilão, o canalha, moralmente comprometido e, de repente, deixou de ser isso e passou a ser outra pessoa. Tanto que a generosa do espetáculo, Célia, ao olhá-lo, se apaixona: amor à primeira vista. Se ele tivesse um resquício do Olivério que tinha sido, Célia não se apaixonaria. Olivério se transformou absolutamente, ele *foi* outro. Isso é lindo em Shakespeare. Isso é teatro puro: é o ator que é uma coisa e, no minuto seguinte, é outra.

C.F.: E convence.

PENA QUE ESSA PASSAGEM DE UM PERSONAGEM PARA OUTRO, FEITA POR UM ÚNICO ATOR, NÃO DÁ PARA COLOCAR NO TEXTO ESCRITO, POIS É MUITO MARCANTE...

C.F.: Mas o texto é uma obra para que se faça outra obra, que é a encenação. Essa é a encenação da nossa companhia, mas outra companhia pode descobrir outro aspecto, em outra montagem.

M.L.: Essa coisa do Jaques e do Adão veio na nossa pesquisa dos heterônimos, que é uma pesquisa do trabalho de ator, não necessariamente de Shakespeare. É o meu doutorado: o ator que, em vez de interpretar personagens, manifesta heterônimos. Com esse pensamento de fundo a gente começou a ler a peça. E aí essas ideias foram aparecendo, surgindo de maneira espontânea, nada muito grifado, tudo dentro de um jogo teatral. E até nisso a peça contempla Shakespeare: "o mundo é um palco".

ENQUANTO TRADUZIAM, SEMPRE ESTAVAM PENSANDO NA MONTAGEM?

C.F.: Eu acho que é um pouco inevitável porque as pessoas que trabalharam na tradução, em todas as suas etapas, são atores. Então, sendo atores, se vamos traduzir uma peça de teatro, é quase impossível não pensar em uma montagem.

P.H.: Nem que seja imaginando a si próprio dizendo aquele texto em cena.

C.F.: A gente já tinha feito muitas cenas da peça, então toda a discussão era em torno das montagens delas. E Shakespeare inventou várias palavras, e com diversos sentidos. Portanto tínhamos de entender a peça toda, depois discutíamos a cena e a maneira da fala específica para escolher a melhor tradução para determinada palavra.

M.L.: Pensamos não necessariamente na encenação, mas ao ato de vir para a cena.

C.F.: Então não tinha como a gente dissociar isso, já que éramos um grupo de teatro traduzindo uma peça de teatro de uma pessoa que foi teatro puro: Shakespeare. Desse modo, nunca dissociamos a tradução do fato de ir para o palco, assim como Shakespeare sempre escreveu para o palco, pois ele tinha uma companhia de teatro.

VOCÊS MUDARAM ALGUMA COISA SIGNIFICATIVA DAS PRIMEIRAS MONTAGENS ATÉ AGORA, NO FINAL DA TEMPORADA?
M.L.: Como aspecto cênico, alguma coisinha, mas nada muito significativo.
C.F.: No texto, nada significativo também.

E FICARAM SATISFEITOS COM O RESULTADO?
TODOS: Sim!
M.L.: E quando leio outras traduções e leio a nossa, acho que a nossa é muito boa, de verdade. Porque ela é fluente, compreensível, mas sem ser simplista. Não é uma versão simplificada.
P.H.: O fraseado de Shakespeare é muito complicado, cheio de reentrâncias. Um dos retornos que a gente tem do público é que as pessoas levam cerca de cinco minutos para entender o fraseado, e a partir disso, o texto flui. Dessa maneira, existe uma adaptação do público ao texto, que vai ficando mais natural.

COMO ESTÁ SENDO O RETORNO DO PÚBLICO?
C.F.: O retorno está sendo muito bom, pois as pessoas saem felizes da peça. Elas se divertem, pensam, refletem, choram. Na cena do banimento, tem gente que chora; na cena do casamento há quem chore de felicidade, mas todos saem felizes.
G.M.: E fica muito claro com essa peça o quão Shakespeare é popular. Ele atinge todas as pessoas em cheio, de todas as classes sociais.

VOCÊS FARIAM NOVAMENTE ESSE TRABALHO DE TRADUÇÃO COM OUTRO TEXTO?
M.L.: Com certeza!
C.F.: E dá vontade de só fazer assim.
M.L.: Agora é difícil sair de Shakespeare, porque ele apresenta o mundo em cada peça, e qualquer outro trabalho que estudemos fica parecendo só um recorte, só um pedaço. E nele tem tudo, é complexo.

FALEM DO ESPAÇO EM QUE A PEÇA FOI MONTADA.
M.L.: Era um lugar de ensaio. Quando começamos a pensar em *As You Like It*, percebemos que nosso espaço tinha uma estrutura elisabetana. Pensamos nessa relação com palco, proscênio, primeiro andar, portas, embaixo e em cima, sem cenografia. A própria arquitetura o dinamiza.

E SHAKESPEARE NÃO FAZ MARCAÇÕES DE PALCO...
C.F.: Sim, você tem que entender tudo por meio do texto, ele não tem nenhuma marcação de texto. Não tem rubricas. As únicas marcação são do tipo "Entra Rosalinda, lendo uma carta".
M.L.: Muitas vezes é apenas "Lá vem...", dito por algum personagem.
C.F.: Sim, um personagem que chama o outro. Mas você entende tudo pelo texto.

FALANDO EM TEXTO, ALGUM PERSONAGEM FOI MAIS DIFÍCIL DE TER AS FALAS TRADUZIDAS?
C.F.: O bobo! Acho que os textos do bobo são ainda mais difíceis de traduzir que os da Rosalinda. Tem um longo trecho em que ele fala das sete regras da luta, dos sete tipos de mentira etc. E ele explica cada mentira, com nomes específicos. Para traduzir isso aí... foi difícil.

COM TUDO ISSO, QUANTO TEMPO DURA A MONTAGEM DA PEÇA?

C.F.: Acho que com tudo, a peça dura cerca de três horas. E essa cena do bobo, por exemplo, está na peça para dar tempo de a Rosalinda se trocar. Ele ganha tempo para a pessoa – é genial.

E UMA ÚLTIMA QUESTÃO PARA ENCERRARMOS: QUAL É A SENSAÇÃO DE VER O TEXTO QUE VOCÊS TRADUZIRAM COM TANTO TRABALHO E DEDICAÇÃO GANHAR UMA EDIÇÃO IMPRESSA?

P.H.: É a sensação de que o nosso trabalho terá maior abrangência, democratizando nossa pesquisa e nossas descobertas artísticas. O que antes só havia sido divulgado no palco, com a encenação da tradução, agora, com a edição impressa, pode atingir novos públicos e servir de material criativo para muitas outras pessoas. Esta "materialização" impressa de um projeto artístico realizado por nós, com tanto empenho, consolida o saber adquirido pelo grupo, sai do âmbito somente da sala de ensaio, extrapola o limite do palco e aumenta a interlocução do nosso trabalho com todos os interessados.

Este livro foi composto nas fontes Adobe
Jenson Pro e WashingtonD e impresso
em papel Pólen Bold, na Prol Gráfica
e Editora em Abril de 2012.